나를 서운하게 하는 것

모두 안녕히

나를 서운하게 하는 것
모두 안녕히

초판 1쇄 인쇄 2018년 11월 27일
초판 1쇄 발행 2018년 12월 4일

지은이 김민준
책임편집 윤초록
표지 디자인 심해수
표지 사진 김민준
펴낸이 남기성

펴낸곳 주식회사 자화상
인쇄,제작 데이타링크
출판사등록 신고번호 제 2016-000312호
주소 서울특별시 마포구 월드컵북로 400, 2층 201호
대표전화 (070) 7555-9653
이메일 sung0278@naver.com

ISBN 979-11-89413-18-7 03800

이 도서의 국립중앙도서관 출판예정도서목록(CIP)은 서지정보유통지원시스템 홈페이지
(http://seoji.nl.go.kr)와 국가자료공동목록시스템(http://www.nl.go.kr/kolisnet)에서
이용하실 수 있습니다.(CIP제어번호: CIP2018037504)

나를 서운하게 하는 것
모두 안녕히

김민준 소설집

자화상

차례

숲

———

시간이라는 단어가 무색할 만큼 아주 먼 옛날, 척박한 대지 위에 물고기 한 마리가 살고 있었다. 그 물고기는 작은 이슬방울 속에서 태어났는데, 그곳은 비록 작은 구슬만큼의 공간이었지만 물고기에게는 바다만큼의 소중한 세계였다. 이슬 안의 작은 물고기는 그 안에서 숨 쉬고 헤엄치고, 꿈을 꾸었지만, 반짝이는 그 물방울을 결코 벗어날 수 없었다. 물고기에게 이슬이란 자신을 살게 하는 세계이면서 동시에 벽이었고, 그에게 주어진 자유이자, 구속이었던 셈이다.

그리하여 그에게는 볼록하게 비치는 바깥의 풍경을 바라보는 것이 삶의 유일한 낙이었다. 이슬 안의 작은 물고기는 특히나 해질녘의 시간을 좋아했는데, 그 이유는 이슬로 내려앉은 노을빛이 그가 머무는 공간을 불그스름한 온기로 가득 채워주었기 때문이었다. 그 무렵이 되면 물고

기는 작은 이슬방울에서 벗어나 유유자적 노을을 헤엄치
는 꿈을 꾸곤 하였다.

물고기가 살고 있는 곳은 간간히 이름 모를 풀이 자라나
있지만 대체로 건조하고 영양분이 없었기 때문에 꽤나 황
량하게 보일 정도였다. 이슬방울은 넓적하게 생긴 식물의
이파리에 자리하고 있었지만, 이따금 바람이 심하게 부는
날이면 파도가 휘몰아치는 바다처럼 가파르게 흔들리기
도 했다. 그러한 구속과 위험에도 불구하고 물고기는 이
슬로 인해 삶을 영위할 수가 있었던 것이다. 자신의 세계
가 크게 흔들릴 때마다, 작은 물고기는 이파리의 중심으
로 헤엄을 치며 이슬과 잎의 균형을 유지하는 일을 게을
리 하지 않았다.

날이 저물고 또 해가 뜨고, 얼마간의 긴 바람이 불었다가,
간간히 옅은 빗방울이 내리기도 했다. 하지만 토양은 비
옥해질 줄을 몰랐다. 별안간 비가 내리면 물고기의 이슬
은 도톰하게 부풀어 올라 이파리를 무겁게 만들었기 때문

에, 물고기는 잔뜩 움츠린 채로 얼른 이 비가 지나가기만을 바랄 뿐이었다. 이윽고 다시 하늘이 환하게 평온을 되찾자, 이슬 속의 작은 물고기는 뻐끔뻐끔 안도의 숨을 내쉬었다.

이 세계에서 헤엄을 치는 처음 얼마간, 물고기는 사는 일에만 집중을 했다. 예컨대 그것은 플랑크톤을 먹고, 햇볕을 쬐고, 아가미로 호흡을 하는 일들이었다. 그 이후 한동안은 주변의 환경과 조화를 이루기 위한 노력으로 채워졌다. 유동하는 이슬을 다시 이파리의 중심으로 이동시키기 위해 헤엄을 쳤고, 햇살이 너무 강한 날에는 이슬마저 증발하여 다 사라져버리진 않을까, 다른 잎들 아래로 몸을 숨겼다. 그때, 물고는 시간의 의미에 대해서, 낮과 밤에 대해서 처음 깨달았던 것이다. 새벽에는 별을 바라보고, 낮에는 구름의 흔적들을 눈에 담다가, 마침내 물고기가 들여다보게 된 것은 자신이 왜 존재하는지에 대한 의구심이었다.

모두 안녕히

이 대지 위에서, 낮과 밤이라는 시간의 흐름과 한정된 공간 안에서 자신이 존재하는 이유는 무엇일까. 그 사실을 애써 고심해보아도 시간은 대꾸도 없이 뉘엿뉘엿 흘렀다. 그러던 어느 날, 물고기의 감각에 태어나 처음으로 전해지는 느낌이 있었으니, 그것은 다름 아닌 누군가의 목소리였다.

"살고 싶어. 이 어둠에서 벗어나고 싶어."

이슬 속의 작은 물고기는 그 목소리에 놀라 두 눈을 부릅뜨고 주변을 살펴보았으나, 별다른 기척을 발견하지는 못했다.

"무섭고, 추워."
"거기 누구야?"
그 목소리에 귀를 기울이던 물고기가 말했다.

"누구? 나는 누구지…, 잘 모르겠어."

"나는 물고기야. 작은 이슬 안에서 살고 있지."

"안녕. 이슬은 무엇이고, 물고기는 어떻게 생겼지?"

"동그랗고 반짝이는 것은 이슬이야. 그리고 물고기는 눈이 두 개고 지느러미가 있어."

"그렇구나. 하지만 모르겠어. 나는 아무것도 알지 못하거든."

물고기는 그 침울한 목소리를 들으니 퍽 안쓰러운 마음이 들어, 목소리의 주인을 도와주고 싶다고 생각했다. 하지만 어떻게 그에게 용기를 전해야 할지 몰라, 그저 작은 말동무가 되어줄 뿐이었다. 정오가 지나고, 해질 무렵이 찾아오고, 그리고 다시 어둠과 빛이 번갈아 서로를 스쳤으나, 좀처럼 목소리가 어디에서 들려오는지 그가 누구인지는 알 수 없었다.

"나는 아무래도 어둠인가 봐."

"왜 그렇게 생각해?"

"주변은 온통 어둡고 내게는 실체가 없으니까."

모두 안녕히

"하지만 지금은 햇살이 반짝이는 오후야."

"그럼 나는 누구인 걸까? 어째서 내게는 어둠만이 곁에 머무는 걸까?"

"글쎄, 하지만 네 곁에는 나도 있는걸."

"고마워. 이슬 속의 작은 물고기야."

둘은 어느새 서로를 좋은 친구로 생각하고 있었다. 외로운 생활 속에서 서로의 목소리를 느끼고 영혼의 대화를 나누는 존재는 서로가 서로에게 유일했던 것이다. 그리하여 이슬 안의 물고기는 목소리가 들려오는 방향에서 결코 시선을 돌리지 않았다. 아마도 그가 사는 동안 단 한 번도 눈을 감지 않은 이유는 목소리의 존재를 바라봐주기 위함이리라. 인고의 시간이 지나, 이슬 안의 물고기는 마침내 목소리가 들려올 때마다 생기를 잃은 썩은 풀잎 아래에서 아주 미세한 떨림이 느껴지는 것을 발견하고야 말았다.

"이봐 친구! 아무래도 네가 있는 곳을 찾은 것 같아."

"정말? 나는 어디에 있어?"

둘은 환희에 찬 기분을 느꼈다.

"너는 내 아래에 있어."

"그럼 나는 이파리인가?"

"아니, 아니. 그것보다 더 아래 말이야."

"그럼 나는 대지인가?"

"아무래도 그보다 조금 더 아래에 있는 것 같아."

"어떻게 하면 우리는 만날 수가 있을까? 너를 만나게 되면
내가 누구인지도 알 수 있을 것 같은 기분이 들어."

이슬 안의 작은 물고기는 지면 아래에서 미세하게 느껴지
는 떨림을 놓치지 않으며 차분히 그 목소리에 집중하고
있었다.

"어쩌면 우리는 영영 만나지 못하는 운명인지도 모르겠
어. 하지만 그래도 다행이야. 너를 알았으니까. 고마워.
이슬 안의 작은 물고기야."

모두 안녕히

물고기는 그 목소리를 듣고 생각했다. 누군가에게 용기를 전해준다는 것은 자기 스스로도 그만큼의 용기를 내지 않으면 불가능한 일이라고. 그리하여 물고기는 계속하여 앞으로 헤엄을 쳤다. 끝내 작은 이슬이 이파리의 끝자락에 당도하였을 때, 그 아슬아슬한 기울어짐 속에서 작은 물고기는 생각했다.

"소중한 존재를 지니게 된다는 게, 이렇게나 감사한 일인 줄은 몰랐어."

이윽고 이파리는 균형을 잃고 기울어졌으며, 반짝이는 이슬은 떨리는 대지의 목소리로 내려앉았다. 떨어지면서 물고기는 순백의 미소를 지었다. 그리고 자신이 그 작은 이슬 안에서 생명을 지니고, 세상과 호흡하게 된 이유가, 어쩌면 소중한 친구를 만나고 그에게 닿기 위함이라는 생각을 했다.

톡 하고 이슬이 부서지며 자신의 숨이 거칠게 차오를 때에도 이슬 안의 작은 물고기는 마지막까지 다 지켜보고 있었다. 비로소 지면의 목소리가 물고기의 몸에 곱게 울려 퍼졌을 때, 물고기는 확신에 찬 목소리로 말했다.

"우리는 더 가까워질 거야."
"이슬 안의 작은 물고기야. 나를 위해서 왜 이렇게 무리하는 거야. 나는 너를 위해 아무것도 해줄 수 있는 것이 없는데……"

그리곤 아무런 말도 들려오지 않았다. 다만, 며칠 뒤 그 자리에는 어엿한 초록 싹이 하나 돋아났으니, 드디어 드러난 목소리의 정체는 이름 모를 식물의 씨앗이었던 것이다. 이슬 안의 작은 물고기는 자신에게 주어진 세계를 이탈하였고, 새까만 어둠 속의 목소리는 스스로 자기 자신을 에워싸고 있던 껍데기를 깨부수고 새로운 인연을 향해 뻗어나갔다.

아무리 기다려보아도 더는 들려오지 않는 물고기의 목소

모두 안녕히

리 때문에, 새싹은 침울함에 고개를 푹 숙였다. 하지만 그
때 하늘에서 작고 반짝이는 것들이 내려왔으니, 새싹은
그 모든 것이 이슬 속의 작은 물고기가 자신에게 선사하
는 희망의 노랫소리라는 생각이 들었다. 뿌리로 스며든
물방울들을 끌어안자, 식물은 더 푸르게 푸르게 성장할
수가 있었다. 그리하여 비가 내리는 날이면 식물은 옛 친
구가 자신을 그리워하고 있구나 하며 온 마음으로 기도하
였다.

  만약에 네가 나를 필요로 한다면,

  그곳이 비록 이 세상 밖에 존재한다 할지라도

  너에게 갈게.

이윽고 그 둘이 자리하였던 곳은 비옥한 토양으로 울창
한 모습이 되어갔다. 숲은 그렇게 오랜 세월을 걸쳐 그 모
습을 지니게 된 것이다. 가녀리게 마주 닿은 한 방울의 사
랑과, 한 방울의 믿음들로. 오늘도 또 하나의 이슬 안에서
작은 생명은 밤새 울었다. 느닷없는 빗소리에 눈물로도

비워지지 않는 그리움이 찾아오면 숲속 어딘가에서는 노랫소리가 들려온다.

아아, 사랑이란 자신의 존재 이유를
'함께'라는 곳에서 발견해내는 것.
설령 그것이 안전지대에 속해 있지 않다고 하여도.

만약에 네가 나를 필요로 한다면,
그곳이 비록 이 세상 밖에 존재한다 할지라도
너에게 갈게

슬픈 나
어제의 지금

1.

갈증이 나서, 냉장고 문을 열어 차가운 물 한잔을 마셨다. 하지만 목을 축일수록 절대로 채워지지 않을 무언가가 내 안에 있음을 깨닫게 될 뿐이었다.

나는 그 목마름으로 인해 지난 한 해 동안 긴 방황을 지속하고 있다. 어쩌면 그것은 감정의 허기이거나, 스스로를 인정할 수 없다는 도피인지도 모르겠다. 새벽에 일어나 거울을 보며 한숨을 쉬었다. 오늘도 조금씩 그 영역을 넓혀가는 붉은 반점들을 관찰하면서 어째서 내 삶이 이토록 고단한 나락으로 빠지게 되었을까 자문을 해볼 뿐이다. 고독이 내린 시각, 나의 물음에 아무도 답을 해주지 않는다. 심지어는 나조차도 모른다. 왜 내가 이렇게 되어버렸

모두 안녕히

는지.

처음엔 아주 작은 점이었다. 그저 피곤하면 생기는 피부염 같은 것인 줄로 알았던 것이다. 하지만 그것은 점점 더 범위를 넓혀가더니 내 삶을 송두리째 집어삼키기 시작했다. 증상은 날로 심각해졌고, 뒤늦게 병원을 찾았을 때에도 내 삶이 이렇게나 변할 줄은 미처 몰랐다. 미래를 알 수 있다면 나는 조금 다른 태도로 삶을 살 수 있었을까. 다가올 슬픔에 대해선 아무도 모른다.

의사는 내 피부에 붉게 번져가고 있는 반점을 관찰하며 박테리아에 의한 피부염이 의심된다고 했다. 약을 처방해주고 주기적으로 병원을 방문했지만 되레 붉은 반점들은 더욱 커져만 갈 뿐이었다. 한 달쯤 지나서였을까, 나는 의사에게 고래고래 소리를 치고 그곳을 박차고 나왔다. 그리고 가능한 피부과 전문으로 유명한 병원은 모두 찾아가보았다. 그럼에도 진단명조차 알 수 없는 이 원인불명의 질환은 내 삶을 계속하여 흔들어놓을 뿐이었다.

몇몇 의사들은 일종의 백반증과 비슷한 증상인 것 같다고 말했다. 하지만 나의 경우에 그것은 붉은 빛이 돈다. 어렴풋이 보면 심한 화상 자국처럼 보이기도 한다. 그렇게 붉은 반점이 커져 갈수록 나라는 존재는 작아져 갔다. 나는 더 이상 마음 편히 거리를 활보할 수 없는 지경에 이르렀고, 끝내는 내가 살고 있는 겨우 열 평 남짓의 공간에서만 생활하게 되었다.

세상으로부터 고립되어 좁은 방 한 구석에서 홀로 몸을 웅크린 채 눈물을 흘리던 때에도 어김없이 하루는 길고, 시간은 덧없이 흘러갔다. 나는 매일 밤 꿈속에 붉은 점에게 쫓기는 악몽을 꾸었다. 그런 꿈을 꾸고 일어나면 그것들은 어제와는 조금 더, 붉고 진해진 것처럼 느껴지기도 했다. 나는 오늘을 잃어버렸다. 이제는 세상에 나를 기억하는 사람들이 그리 많지 않을 것이다. 내 삶은 아주 옛날에 머물러 있다. 왜 나에게 이런 일이 일어난 것일까. 아무도, 이유를 모른다. 계속해서 자문해보지만 조금씩 더 복잡해져만 간다. 어쩌면 이유 같은 건 중요하지도 않다. 오늘날 세

모두 안녕히

상에서 기억되는 것은 오로지 보여지는 현상일 뿐이니까.

나는 퍽 두려워졌다. 또 갈증이 났기 때문이다. 좀처럼 무엇으로도 채워지지 않는 무언가가 내 안에 있다.

2.

아마도 한 달 정도 집에 머물렀을 때였던가, 권고사직 요구를 받았다. 내게 날아온 건 그와 관련된 문자메시지 하나와 이메일 한 통이 다였다. 멍하니 거기에 적힌 글자들을 바라보다가 문득 직장에서 나의 역할을 수행하기 위해 내가 포기할 수밖에 없었던 수많은 나다움이 떠올랐다. 그것들은 무엇을 위해서 그렇게 처참히 버려져야만 했던 것일까. 내 꿈은 좋은 기자가 되는 것이었지만 결국엔 직장에서 맡은 역할은 누군가에게 일어난 좋지 않은 일을 가지고 사실과 추측을 뒤섞은 모호한 기사를 만들어내고, 그것으로 대중들의 이목을 집중시키는 일이었다.

타인의 아픔을 이용하며 월급을 받았고, 그것으로 내 생

모두 안녕히

활을 유지했다. 나는 우리 신문사 내에서도 높은 기사 조회수를 기록하는 것으로 유명했다. 제법 넉넉한 인센티브를 받았을 때에는 슬픔을 조롱으로, 조롱을 소문으로 소문을 사실처럼 확산시키는 것이 내가 지닌 뛰어난 능력인 것처럼 느끼기도 했다.

그것이 내가 지닌 윤리 의식이나 도덕적 명분에 위반된다는 것을 알면서도 스스로에게 거짓된 사명감을 덧씌웠다. 처음 기자 생활을 시작했을 때에는 어떤 대의를 지니고 있었던 것도 같지만 어느새 그 대의란 것이 지극히 사적인 것이 되고 말았던 모양이다. 하지만 나는 여전히 그렇게 생각한다. 사람들이 지켜내고픈 가치라는 것, 그것은 지극히 사적인 것에 불과하다고. 의식, 권리, 의무, 그리고 진실에 이르기까지 사실은 모두가 사적인 영역에 속하는 것이라고. 결국 내가 지닌 사명은 진실을 밝히는 일이라고 스스로를 다독였지만 정작 내가 하고 있던 것은 맑은 호수에 억지로 돌을 던져 수면 아래에서 일어나는 흙탕물의 뒤엉킴을 그것의 본질인 것처럼 포장하는 일에 불과했던 것이다.

혼자만의 시간, 느리게 흘러가는 하루 속에서 나는 자연히 스스로가 본래 어떤 사람이었는지에 대하여 떠올리게 되었다. 평일 한적한 시간에 홀로 영화를 보는 것을 좋아했던 사람, 산책을 하면서 오래된 음악을 듣는 것을 좋아했던 사람, 비가 올 때면 카페에서 따뜻한 커피 한 모금을 마시며 이런저런 생각을 하기를 좋아했던 사람, 낯을 가리기는 했어도 사람들과 깊이 대화하는 것을 즐겼던 사람. 곰곰이 떠올려 보니 나는 좋아하는 것이 많은 사람이었다. 비록, 나와 결이 맞지 않는 일을 꾸역꾸역 지속해 나아가며 그것들을 즐길 시간도, 여유도, 이유도 잃어버리고 말았지만.

이제는 안다. 타협하든 그렇지 않든, 세상을 살아가는 데에는 늘 포기해야 하는 것이 생긴다는 것을. 끝내 내가 포기했던 것은 내가 좋아하는 무엇이었다는 걸. 그리고 그 좋아하는 것을 모조리 포기해버리면 나는 더 이상 내가

모두 안녕히

아니란 것도.

3.

새벽부터 비가 내렸다. 오늘 같은 날씨는 나에게 한낮의 외출을 허락해준다. 나는 레인코트에 긴 머플러로 얼굴을 가리고서 집을 나섰다. 비가 오는 날이면 사람들은 우산을 쓰고 더 빠르게 움직인다. 우산을 쓰고 있다는 건, 자신들만의 안전지대를 지니고 있다는 것이고, 우산 하나하나의 면적은 사람들이 적당히 불편하지 않을 만큼의 거리를 제공해준다. 젖지 않기 위해서, 타인이 아닌 자기 자신에게 더욱 집중하기 때문에 나는 사람들의 눈치를 조금은 덜 보며 산책을 즐길 수가 있는 것이다. 장화를 신고서 자박자박 물기가 있는 바닥을 밟는 일은 생각보다 즐겁다. 그러다 가만히 투명한 우선을 넘어 하늘을 바라보고 있으면 가슴이 먹먹해진다.

커피 한잔을 마시고픈 요량으로 조심스레 카페에 들어가려다가도 이내 창가에 비친 나의 모습을 때문에 애써 걸음을 돌려야만 했다. 온몸을 무언가로 가리고 있지만, 그럼에도 나 자신을 속일 수가 없어서 나는 자신이 없다. 괜히 누군가에게 묘한 시선을 받는 것이 두렵다. 손등 위로 번져 있는 붉은 반점들을 따라서 빗물은 흐르고, 나는 더는 눈물도 나오지 않아서 한동안 말없이 걸었다.

어둑어둑해져 가는 거리를 보면서 나는 생각했다. 시간이 지날수록 많은 것들은 흐릿해진다고. 좋아하는 마음도, 아픈 한 때의 기억도, 해가 저물 때 거리 위에 옅은 어스름이 내리듯 진한 빛깔이 어느새 캄캄한 어둠의 고요로 돌아가는 것이 만물의 이치인 것이라고. 어쩌면 내가 겪고 있는 이 서운한 상황들도, 원치 않는 운명들도, 저만치 흐려져 가는 날이 올까. 그렇다고 믿어보는 것이 과연 희망인 것일까.

희망, 그것은 참 모호한 것이다. 그리하여 그 불확실함에 마음을 주는 행위가 바로 용기라는 거겠지. 희망을 지속할 수 있는 힘, 하지만 내게는 그것이 부재해 있다. 이제 나는 무엇을 바라보며 나아가야 할까. 피부가 조금씩 빳빳해지는 것을 느낀다. 메마른 사막처럼 생기를 잃고 갈라져 간다. 그럼에도 어딘가에는 오아시스가 있다고 믿어보아야 할까. 하지만 그 모든 바람과 기도 들이 신기루처럼 다가서면 멀어지고, 잡으려 해도 붙잡을 수 없는 것이라면 어쩌지:

모두 안녕히

4.

언제부턴가 달력을 보지 않는다. 날짜나, 요일이란 의미가 제법 무색해진 모양이다. 늦잠을 자고 싶을 때에는 그냥 늦잠을 잔다. 기자 일을 할 때에는 바쁜 취재와 원고 압박이 내 피로의 원인인 줄로만 알았는데, 이제 보니 사람은 살아 있다는 것 자체가 피로한 일이라는 생각이 든다. 생활에 필요한 것들은 대부분 온라인 주문을 통해서 배달을 받고 있다. 오늘은 새 커튼이 배달된 모양이다. 바깥으로 쉽게 나설 수 없으니, 동시에 지금 내가 머물고 있는 공간의 소중함에 대해서 자연히 깨닫게 된다.

아기자기한 아카시아 꽃이 그려져 있는 커튼으로 햇볕을 가리니 방안에 드리우는 은은한 그림자에서 묘하게 꽃향기가 나는 것 같다. 그렇게 유유자적 흘러가는 오후에 놓여 있으면 어느새 내가 겪고 있는 아픔을 인지하지 못하게 된다. 대부분의 시간에 나는 슬프지만, 그렇게 아주 가끔 아무 일도 없던 것처럼 살아가기도 하는 것이다.

요즘은 그럭저럭 이 생활에도 익숙해지고 있다. 어떻게든 살아가고 있다. 생각해보면 나는 늘 무언가를 이루려고 했고, 어떤 목적을 좇는 과정에 있어서 스스로가 항상 뒤쳐져 있다고 느끼곤 했었다. 마치 고장 난 시계처럼, 온전히 제 시간을 살아가지 못하고 늘 뒤처져서 지각을 했었다. 아마도 마음이 먼 미래를 향하고 있었기 때문일까. 지금 이 순간은 마치 밝은 내일을 위한 부속품이라는 듯이, 애써 오늘의 나에게 희생을 강요해왔던 것 같기도 하다. 성취라는 것을 포기하고 나니, 나를 조여오던 스스로의 감옥창살이 얇아져 가고 있음을 느낀다.

마음을 차분히 가라앉히기 위해서 집안에 있는 거울들은 모두 버렸다. 나를 바라보지 않는 일, 그것은 이 증상이

모두 안녕히

짙어지는 가운데 내가 할 수 있는 유일한 처방과도 같은 것이었다. 가끔은 내가 전혀 다른 세계에 잘못 불시착한 존재라는 생각을 한다. 모든 사람의 피부가 나이를 먹을수록 붉은 기를 띄게 된다면 나는 어떤 시선과 혐오도 받지 않은 채 평범한 삶을 살아갈 수가 있었을 텐데. 곰곰이 생각해보면 붉은 반점들이 몸 구석구석을 점령하는 것 이외에는 별다른 특이사항도 없는 것이 사실이다. 큰 통증도 없고, 전염이 있는 병도 아니기 때문이다. 하지만 사람들은 나를 보면 기겁을 한다. 마치 괴물이라도 마주한 것처럼 당황하고 거리를 둔다.

거리, 그것은 무엇일까. 그것은 말보다 모호하지만 더 긴 아픔을 동반하는 표현이다. 모든 관계에는 거리라는 것이 존재하고 있음에도 거기에 감정이 더해지면 대개 부정적인 느낌을 자아내고 만다. 물리적인 거리만이 간격을 의미하는 것은 아니라는 거겠지. 무엇과 무엇 사이에는 절대적으로 좁혀질 수 없는 거리감이 있는 것이다. 심지어는 입맞춤을 하고 있는 연인에게도 그것은 있다.

5.

밤 열시, 나는 익숙하게 인터넷 창을 열고 내 아이디를 입력한다. 거기에는 또 다른 세상이 있다. 커뮤니티 사이트들을 둘러보면 사람들은 너무 똑똑하거나, 전혀 지성이 없는 것처럼 보인다. 이곳에는 성격의 차이나, 인식의 다른 점으로는 쉽게 구분할 수 없는 마치 애초에 다른 종種이라는 생각이 들 정도로 상반된 느낌을 주는 존재들이 있다.

인터넷에서 외부의 사건이나 소식들을 접하고, 사람들이 그것에 어떠한 반응을 보이는지 관찰하는 일이란 꽤나 볼 만한 구경거리다. 비 오는 날을 제외하면 이 공간은 내가 세상과 소통할 수 있는 유일한 통로인 셈이기도 한 것이다. 온라인 공간에서 사람들은 별 볼 일 없는 말 한마디나

모두 안녕히

아무 의도도 없는 행동 하나에 사사건건 시비를 건다. 자신들이 그렇게나 경멸하는 이를테면 꼰대들의 행동처럼 말이다. 모순적인 태도, 아이러니한 언행의 반복들로 사람들은 그렇게 언제, 어디서든 서로 연결될 수 있는 시대에도, 저만치 멀어져 갈 뿐이다.

그 광경을 보면서 나는 지난날 내가 했던 일에 대하여 떠올려 보았다. 스스로를 돌아보게 된 것이다. 과연 나는 윤리의식과 책임감을 가지고 글을 썼는가. 그렇게 물으니 금방 스스로가 부끄러워지기도 했다. 진실의 추구, 사실의 전달이 아니라, 사람들에게 서로를 헐뜯고 상처 입히는 것을 허용해주는 구실거리를 제공했을 뿐이었던 거겠지. 나는 이제야 약간의 반성을 하고 있는지도 모른다. 꽤 잘나가던 기자에서, 이제는 집 밖으로 쉽게 걸음을 옮기기도 어려운 외톨이에 전락하고 말았지만, 나는 이제야 스스로가 하던 일이 얼마나 중요하고 필요한 일이었는지에 대해서 깨닫는 중이다.

안타깝게도 이제 대부분의 사람들은 의견을 나누려는 것이 아니라, 자신을 증명하기 위한 수단으로 언어를 행사한다. 이미 인식의 문을 닫아놓은 채로, 서로 전혀 다른 존재가 이야기를 나누면 그것은 더 이상 대화가 아니라, 방화放火에 불과한 일이라는 것을 왜 모르는 것일까. 모두들 그렇게 한밤중에 불을 지른다. 자신의 화를 타인에게 전가하는 것으로 어떻게든 홀가분해지고자 하는 심보가 정말이지 꼴불견인 줄도 모르고.

어쩌면 사람들에게는 자신의 화를 토해낼 창구가 필요했던 것인지도 모르겠다. 불특정 다수는 아주 좋은 재료인 거겠지. 하루 동안 쌓아온 화를 잔뜩 내려놓고서 그들은 다시 일상으로 돌아가 평범한 사람인 듯 행동할 것이다. 예컨대 오프라인과 온라인의 세계는 분리된 두 개의 자아처럼 작용하고 있다. 물론 나에게도 마찬가지다. 여기에서 나는 붉은 반점으로 둘러쌓인 기묘한 인물이 아니라, 그저 평범한 사람일 수가 있으니.

모두 안녕히

그때, 누군가 게시판에 글을 올렸다. 제목은 '내일 죽으려구요'였다. 그 글자를 읽는 순간 귀에서는 알 수 없는 이명이 들리기 시작했다. 나는 그 소리를 견딜 수가 없어 한동안은 귀를 틀어막고 아무런 말이나 내뱉었다. 하지만 멈추지 않았다. 언제부턴가 죽음이라는 것을 생각하면 이와 같은 이명이 나를 감싸고 돈다.

황급히 울려대는 사이렌처럼. 그 소리를 멈추기 위해서 나는 살고자 하는 마음을 품는다. 그래 살자. 살아보자. 나는 살아갈 것이다. 허나 그 소리는 멎지 않는다. 이윽고 나는 될 대로 되라는 태도로 그 소리들이 어디에서 흘러와 어디로 가는지에 대한 동정을 품는다. 나는 비로소 인정하는 것이다. 그 소리들이 바로 나라는 것을. 나와 그리고 내게 대립하는 또 하나의 나 사이에서 나는 중재자 역할을 하는 자신에 대하여 깨우친다. 혼란스러운 감정의 고향에 대해 연민을 품고, 그것이 가진 절망의 모습에 걸맞은 울음으로 진실된 눈물을 흘린다. 그리하면 소리들은 멎는다. 잠시 동안은 깊은 고요만이 내 곁에 남아 있다.

그 정적이 뜻하는 것은 무엇일까. 나는 그 순간이 비소로

나라는 존재가 외부에서 내면으로 도달한 찰나일 것이라

고 믿는다. 결국 오늘의 나는 그 고립감을 거처로 삼고 살

아가는 분절된 자신들의 조합인 셈이다.

모두 안녕히

6.

나는 게시글을 클릭해서 내용을 읽어보았다. 문득 입가에
텁텁한 맛이 느껴져 따뜻한 물 한 잔에 찻잎을 띄워놓고,
향이 충분히 퍼지기를 기다렸다. 글 속에서는 '내일 죽으
려구요'라는 제목처럼 담담한 어투로 자신의 삶을 정리하
는 태도가 느껴졌다. 나는 알고 있다. 그러한 태도는 분노
보다 훨씬 더 큰 용기가 필요한 일이라는 것을.

올해로 서른 살이 되었습니다. 대학은 중퇴했습니다.
부모님은 작년에 이혼하시고 서로 저를 짐처럼 떠넘기
려고 해서 그냥 집을 나와서 생활한 지 약 1년 정도 되
었습니다. 일단 생활을 위해서 공장이나 공사판을 전전
하고 있는데, 일을 할 때마다 모욕적인 언사나 대우를

받는 것이 너무 힘듭니다. 돈은 모이지 않고, 갈수록 고되기만 한 생활에 신물이 납니다. 목표 같은 건 없습니다. 그냥 안정적으로 사는 것이 꿈이라면 꿈인데, 이루어질 것 같지는 않습니다. 특별히 마음을 터놓을 친구도 없어서, 하소연처럼 그냥 올려봅니다. 딱히 세상이나 누군가를 비난할 생각 같은 것은 없습니다. 다만, 종종 제가 별로 필요 없는 사람인 것같이 느껴집니다. 저는 내일 죽으려구요. 가끔씩 여기 게시판에서 올려주신 재밌는 글이나 사진 보면서 어려운 생활 속에서도 간간이 웃음을 지어 보이기도 했습니다. 모두들 행복하시길.

글에는 아무런 댓글이 달려 있지 않았다. 그리고 나는 속으로 생각했다. 그럼에도 누군가는 이 공간에 진심을 담아내려고 애를 쓰고 있구나 하고. 위로해주고 싶지만, 내 처지가 저 사람에게 현실적으로 어떤 도움이 될 것 같지는 않은지라, 조용히 창을 닫았다. 그때 다시 귓가를 파고드는 시끄러운 소음, 나는 얼마간은 사이렌 소리에 시달려야만 했다.

모두 안녕히

겨우 고요를 되찾았을 때 두 눈을 꼭 감은 내 주변으로 눈이 내리는 듯한 기분이 느껴졌다. 때때로 마음에서 울려 퍼지는 시끄러운 소리들이 멎고 나면 눈이 내리는 겨울의 풍경처럼 고요함 위를 걷는 기분이 든다. 언제부턴가 그러한 평온이 찾아오면 너무 소중해서, 그 분위기나 느낌에 대하여 꼼꼼하게 기록하는 버릇이 생겼다. 그 감정을 깊게 들이마시자 차가운 겨울바람이 허파에 가득 들어차서 마음에서는 사뭇 얼얼한 촉감이 느껴졌다. 나는 잠시 동안 그 느낌 속에서 아무것도 하지 않고 머물러 있었다.

소리들이 멎으면 세상에 홀로 서 있는 것 같은 기분이 든다. 그러한 감각을 글로 기록해두는 일은 쉽게 말하여 고요를 표기하는 것과도 같아서, 나는 무성한 침묵들의 사이에서 반짝이는 의미들이 있음을 깨닫게 된다. 불필요한 말이 죽음으로써 의미 있는 흐느낌이 깨어나기도 하고, 원치 않는 대답들이 사라진 자리에서는 새로운 의문들이 내 곁에 머물다 살포시 피부로 스며든다.

가슴 속에 뜻깊은 질문을 머금은 자, 한때 나는 그러한 존재가 되고 싶었다.

모두 안녕히

7.

잠을 청하려고 누웠다가 다시 컴퓨터를 켜고 인터넷에 접속했다. 그리고 아까 보았던 게시글에 댓글을 남겼다. 나는 그냥 말해주고 싶었던 거다. 감히 타인이 다 헤아릴 수 없을 만큼 어렵고, 고단하고, 많이 아픈 시간들이었겠지만 그 모든 게 무의미한 일은 아니라고.

　그냥 이곳에 자주 들락날락하는 아무개입니다. 선생님이 남기신 글을 보니 마음이 깊이 아려와 이렇게 무례를 무릅쓰고 글을 남깁니다. 저는 매일매일 하루의 고단함을 버티며 살아가고 있는 한 사람으로서, 그리고 기댈 곳이 없는 외로운 사람으로서, 선생님의 삶이 소소한 평온으로 자리 잡기를 간절히 희망합니다.

자정이 지나 글을 쓰셨으니, 내일까지는 아직 약 스물 네 시간이 남아 있겠네요. 선생님, 저도 한때는 죽음에 대해서 가슴 깊이 생각했던 날이 있었습니다. 그 이유 는 무엇보다 다시 시작할 수 없을 것 같다는 망연자실 함 때문이었지요. 처음엔 많이 억울했습니다. 왜 나에 게만 이런 일들이 일어나는 것일까, 세상은 나를 아프 게 하기 위해 존재하는 곳인가 하고 말이에요.

하지만 동시에 어려운 순간에도 제가 취할 수 있는 언 행과 태도들이 있음을 깨닫고 있는 중입니다. 정오의 하늘을 똑바로 바라보면 자연스레 인상이 찌푸려지지 요. 하지만 그 햇살에 등을 내어주면 그것이 비추고 있 는 대상들의 반짝임으로 뜻 모를 미소를 품게 되는 때 도 있답니다.

때로는 유연하게, 때로는 담담하게, 자신이 속한 세계 에서 나의 중심을 찾기 위해 노력하는 것이 삶이 아닐 까요. 제가 선생님의 글에서 느낀 것은 당신에게 있어

모두 안녕히

극히 일부이겠지만, 그럼에도 그 안에서 저는 당신의
섬세하고 따뜻한 마음씨를 느꼈답니다. 저는 당신이 좋
은 사람이라고 생각합니다. 당신은 자신의 삶이 끝이라
고 생각하는 시점에서도 많은 이들의 행복을 기도할 만
큼 마음이 넓은 사람이잖아요. 스스로도 자신을 그렇게
생각하고 대해줄 수 있다면 얼마나 좋을까요.

삶은 매순간 선택과 기회가 공존하고 있다고 믿습니다.
과거의 삶에 어떠하였든, 지금 이 순간이 언제나 기회
이고 희망이 될 수 있도록 부디 포기하지 마세요. 다 내
려놓아도, 우리가 자기 자신마저 내려놓지는 않았으면
합니다. 저는 당신이 필요한 사람인지, 필요하지 않은
사람인지에 관해서 정의내리고 싶지 않습니다. 다만,
당신이 소중한 사람이라고 믿을 뿐입니다.

글을 다 쓰고 보니, 이것은 되레 타인을 위한 위로라기보
다는 나를 위한 고해성사 같다는 생각이 들었다. 불을 끄
고, 눈을 감으니 '아아, 사람들은 타인을 위로하면서 그렇

게 스스로에게 그간 하지 못했던 말들을 비밀스럽게 전해

주는 것이구나' 하는 깨달음이 나를 스치고 지나갔다.

8.

아침부터 창밖에서는 요란한 소음이 흘러들어왔다. 나는 뻐근한 몸을 일으켜 세워 커튼 틈 사이로 살짝 창밖을 내다보았다. 잘 알지는 못하겠지만 도로에서 어떤 공사가 진행 중인 모양이다. 꽤나 성가신 일이라고 생각하며 시선을 옮겼다. 곧이어 거리를 지나는 사람들을 보다가 은연중으로 느껴지는 '지나간다'라는 단어의 어감이 여간 마음을 쿡쿡 찌르는 것을 느껴, 음악을 틀고 오디오 볼륨을 높였다.

가끔은 음악에 많은 것들을 흘려보낸다. 특히나 '지나간 것'에 대해 여러 생각들이 떠오를 때면 음악에 기대는 일이 잦아지는 것 같다. 볼륨을 크게 틀어놓는 것은 내게 다

른 소음이 흘러들어오지 못하도록 방문을 닫아 놓는 일과
도 같다. 그러니까 소리라는 것은 벽이다. 특히나, 혼자만
의 시간 속에서는.

아침에 내가 하는 일은 보통 블로그에 글을 쓰는 일이다.
어렸을 적부터 글 쓰는 것을 좋아하기도 했고, 직업으로
서 글을 쓰기도 했으니, 여간 습관처럼 몸에 배어버려 그
버릇을 나도 어쩌지 못하는 것 같기도 하다. 물론 방문자
도 드물고, 누군가에게 정보를 전달하려거나, 흥미를 유
발하기 위함이 아니라, 단순히 내 감정과 하루를 기록하
는 목적으로 글을 쓰고 있다.

아이디와 비밀번호를 입력했는데, 공교롭게도 블로그 방
문자 수가 터무니없을 만큼 높은 수치를 기록하고 있었
다. 나는 조금 두려워졌다. 가끔 전혀 예상하지 못했던 관
심들이 쏟아질 때, 나는 덜컥 불안한 생각이 앞선다. 물
론, 그 또한 나 스스로에 대한 떳떳함이 없기 때문인지도
모르겠다만. 사실 최근에는 붉은 반점들이 사라지게 해달

모두 안녕히

라는 라는 기도보다, 아무도 나를 보지 못하게 해달라는 기도를 더 많이 되뇌고 있다. 이제는 '자신감이 없다' 라는 말보다, 정말로 '자신이 없다'. 단순히 내가 스스로를 생각하는 감정의 문제가 아니라, 물리적으로도 나를 잃어버린 것 같은 당혹감을 느끼고 있기 때문이다.

하룻밤 사이 엄청나게 증가한 방문자 수의 원인은 내가 어제 남긴 댓글 때문인지도 모르겠다. 요즘 인터넷 사용자들의 정보력은 상상을 초월하니까. 웬만한 전문가 수준 못지않게 그들은 쉽게 나의 개인 블로그 주소를 특정해낼 수 있었을 것이다. 어쩌면 과거 내가 작성한 글에서 이메일이나 블로그 주소가 공개되어 있었거나, 블로그 아이디와 커뮤니티 사이트 아이디가 동일해서였기 때문일 수도 있다. 그것도 아니라면 어제 쓴 댓글 내용에는 이전에 내가 블로그에 기록했던 문장을 고스란히 인용한 부분이 있어서 인지도…… 어찌됐든 그들은 나를 찾아냈고, 다행스럽게도 나는 그들이 찾던 그 사람이 맞았을 뿐이다. 놀라우면서, 찝찝하기도 하고, 징그러우면서, 묘하게 뿌듯

함이 들었다. 사람들의 관심이란 건 정말 기묘한 느낌을

주는 매개인 것이 틀림없다.

9.

관심, 부담을 동반하는 사려 깊은 온정. 언제나 그 적정선을 지키는 것이 우리에게 필요한 역할이지만 좀처럼 주체할 수 없는 그 간격 탓에 우리는 늘 상처받거나 누군가를 상처 입히기도 하지.

모두가 나를 알아보아도 단 한 명의 소중한 사람이 나를 기억해주지 않을 때 사람은 외로움을 느낀다. 공교롭게도 대중들의 요란한 시선에 휩싸이니 정작 떠오르는 것은 단 한 사람의 따뜻한 눈빛이었다. 가끔 누군가를 그리워하는 일의 의미에 대해 생각한다. 이제는 평범한 삶에서 동떨어져버린 채로 이렇게 소란한 침묵의 하루들을 견뎌야만 하는 나로서는 과거를 추억하는 일만큼 소중하고 아픈 일도 없을 테니. 사랑하던 이가 나의 상황을 알게 되었을 때에는 이미 많은 것이 변해버린 뒤였다. 나의 병을 고백했을 때, 그가 내게 했던 첫 마디를 나는 잊지 못한다.

"고칠 수 있어. 고칠 수 있을 거야."

떨리는 그 눈동자와 음성을 통해 전해지는 기분은 되레 확고했다. 그는 이런 나를 사랑할 수는 없다는 것. 물론, 그 사람에게 느끼는 실망만큼 미안함 또한 컸다. 징그럽게 변해버린 연인을 보며 그래도, 마지막까지 함께 발버둥 치려 애써준 것만으로 그는 나에게 충분히 고마운 사람이니까. 하지만 나는 속으로 다른 말을 기대하고 있었던 거다.

'네 삶은 고장 난 게 아니야. 너는 망가지지 않았어.'

모두 안녕히

10.

어제 본 게시글을 다시 읽어보니, 내가 남긴 글에 수많은 사람들이 추천 버튼을 눌러주었고, 커뮤니티 메인 화면에 올라가며 계속해서 이목을 집중시키고 있었다. 나는 마치 사람의 생명을 구한 영웅 대접을 받고 있었다. 하지만 나로서는 되레 당사자에게 사과의 말을 전해야 할 것만 같은 감정을 느꼈다. 그의 아픔이 이렇게 무차별적으로 전시되어 마치 하나의 소문처럼 이곳저곳을 떠돌게 하고 싶은 의도는 없었기 때문이었다.

속으로는 괜히 타인의 인생에 오지랖을 부려서 그에게 거짓된 희망을 심어준 것은 아닌가 하는 자책마저 느껴졌다. 잠시 동안 멍하니, 모니터 속에 깜빡이는 커서만 들여다보고 있으니, 시야는 흐려지고 머리가 핑 도는 것 같았다. 역시나, 밑에 달린 수많은 댓글들 사이에서는 나를 조롱하는 어투의 글도 달려 있음을 확인할 수가 있었다.

'말은 쉽네'

그러고 보면 내가 정말 오만했던 것일 수도 있다. 나의 아픔이 타인의 그것보다 더 큰 고난이라 여기며, 이런 나도 묵묵히 삶을 살아가고 있으니, 당신도 할 수 있다는 느낌의 태도를 행한 것은 아닌가. 창밖으로는 여전히 공사가 한창이었고 내 이마 위로는 외마디 비명도 없는 식은땀이 서서히 흘러내리고 있었다. 이윽고 내 방 안을 가득 메우는 어둠으로 마치 외딴섬 위에 서 있는 듯했다. 나는 한순간 빛을 잃은 사람처럼 망연자실함을 느꼈다. 정전이었다.

휴대폰 배터리는 이미 한참이나 오래 전에 동이 났지만 충전을 해둘 생각조차 하지 않았고, 전등이나 컴퓨터 같은 전자 기기들은 모조리 기능을 상실하여 일제히 침묵을 지켰다. 저기 두꺼운 암막 커튼을 걷어야만 한다고 생각이 들었지만 다리가 떨려와 공연히 같은 자리만 더듬거릴 뿐이었다. 이윽고 내 안에 숨어 있던 말과 단어들이 나를 할퀴며 이 공백을 채웠다.

'맞아 사람들은 누군가를 위로하려 들지만 대부분 각자 자신의 삶을 정당화하고 있을 뿐인걸. 혹은 자신에게 아쉬움으로 남아 있는 것들을 타인에게 돌리며 위로를 가장한 자기 방어를 행하고 있는 거야.'

나는 겁에 질렸다. 세상과 단절되어 이제 나만의 공간이던 블로그와 그 안에 기록된 생각들마저 고스란히 드러나 버렸으니. 혹여나 내 감정들이 이리저리 떠돌다, 고약한 심보의 사람들에게 닿으면 내키는 대로 편집되어 이따금 심심풀이로 조롱거리가 될지도 모를 테니까. 겨우 정신을 유지하면서 암막 커튼을 걷자, 눈부신 햇살이 온통 내게로 쏟아졌다.

그것은 누군가의 시선, 의지, 사고, 신념, 기대, 원망, 애정 같은 것처럼 나의 마음과는 무관하게 그저 나를 스치며 지날 뿐이었다. 나는 두 손으로 커튼을 꽉 쥔 채로 그것에 맞서 묵묵히 서 있었다.

11.

눈을 뜨자 내 앞에는 커다란 금붕어 한 마리가 보였다. 그 형체가 워낙 크고, 기묘하게도 인간처럼 의자에 앉아 나를 바라보고 있는 것으로 보아 나는 필시 이것이 꿈이라고 단정지어버리고 말았다. 지느러미는 너무 짧아서 다리를 꼬고 앉은 듯한 자세로는 결코 편할 리 없을 것처럼 보였지만 금붕어는 어떻게 해서든 그 자세를 유지하려 애를 쓰고 있었다. 빤히 바라보고 있으니 마침내 그 불편하고 거대한 금붕어가 내게 말을 걸어왔다.

"다 기억하고 산다는 건 어떤 느낌이야?"
"다 기억하지 못해. 몇몇 슬픔들이 잊히지 않을 뿐이야."

금붕어의 물음에 나는 눈을 동그랗게 뜨고 대답했다.

"음…… 그런가? 참으로 기묘한 일이군."

"무엇이?"

"슬픔을 왜 간직하고 있느냐 하는 부분에서 의문이 있다
는 말이야."

"일부러 간직하려는 건 아니야. 그냥 어쩔 수 없이 계속
떠오르는 것뿐이라구."

금붕어는 어렵사리 꼬고 있던 다리를 내리며 담뱃잎을 종
이에 말았다. 성냥불을 켜놓고는 느닷없이 몇 차례 불을
들여다보기만 하다, 꺼뜨리기를 반복하더니 서너 번쯤 불
을 더 켜고 나서야 담배에 불을 붙이고 뻐끔뻐끔 연기를
내뿜었다. 나로서는 그 모습이 여간 괴상하여 계속 지켜
보았다. 나는 작은 어항 안에서 헤엄을 치고 있었다. 투명
한 유리벽을 있는 힘껏 두드려보았지만 견고하게 이루어
져 있는 그 경계를 결코 부술 수는 없었다.

모두 안녕히

"괜찮아, 어항 속은 그냥 비 오는 날씨 같은 거라고 생각
해버려."

벗어나려고 애쓰는 나에게 금붕어가 말했다.

"그게 무슨 뜻이야!?"

나는 하던 행동을 멈추고 금붕어에게 소리쳤다. 하지만
두 발을 계속해서 젖지 않으면 금방 물속으로 가라앉을
것만 같아서 나는 도망치듯 계속 다리를 저어야만 했다.

"내가 보기에 인간들에겐 절대로 좁혀질 수 없는 자신만
의 세계가 있는 것 같아. 그게 어떤 의미에선 어항이고,
날씨고, 담배 연기와도 같은 거지. 섞여 있는 듯하고, 같
이 존재하고 있는 것 같지만 실은 모두가 외톨이야."

사실은 모두가 외톨이라는 말에 덜컥 마음에 쥐가 날 것
같았다. 좁혀질 수 없는 세계를 지닌 각자의 어항 속에서
머물고 있는 존재. 하지만 나는 애써 그곳을 벗어나려고
애를 쓰고 있었다. 더 가까워질 수는 없을까. 마음과 마음

이 닿아 있는 온기를 느껴보고 싶다는 생각이 들었다.

"나는 그냥 자유롭고 싶을 뿐이야."

"무엇으로부터?"

"이 붉은 점들로부터 말이야."

"너는 네 삶을 그렇게 만든 게, 정말로 그 점 때문이라고 생각하니?"

나는 그 물음 앞에서 아무런 대답도 하지 못했다.

"조금 더 솔직하게 이야기 해줬으면 해. 너는 무엇으로부터 자유로워지고 싶은 거지?"

더는 헤엄을 칠 수 없을 것만 같았고, 나는 이것이 내 마지막 순간일지도 모른다는 생각이 들어 느껴지는 그대로 외쳤다.

"나를 슬프게 하는 지난날의 기억들과, 지나치게 무료한 오늘의 공허함으로부터, 그것들로부터 자유롭고 싶어!"

금붕어는 방금 전 자신이 이미 담배를 한 대 피웠다는 사실을 기억하지 못하는지 다시 담배를 말아 어렵사리 불을

모두 안녕히

붙였다.

"방금 전에 이미 담배는 피웠잖아!"

"아 그랬나? 하지만 괜찮아. 이전에 내가 피웠든 말든 그
것과 관계없이 내가 지금 담배를 피우고 싶으니까."

"나에겐 지금 이 순간에 충실하며 산다는 게 불가능해."

"왜 그렇게 생각하지?"

"지금까지의 삶이 만족스럽지 못하니까. 그리고 지금의
나조차도 인정하고 싶지가 않으니까."

"잠시만, 이것만 마저 피우고 네 이야기를 들어줄게."

"이봐, 먼저 질문을 한 건 그쪽……"

나는 말을 잇지 못하고 물속에 완전히 잠겨버렸다. 숨을
참으며 바라보고 있을 수밖에는 없었다. 잠시 정적이 흐
르고 마침내 금붕어가 마지막 연기를 내뱉으며 다시 나를
바라보았을 때, 금붕어는 너무 놀라서 그만 의자에서 미
끄러지는 것으로도 모자라 바닥을 파닥파닥 뛰어 다녔다.
마치 내가 그곳에 있다는 것을 몰랐다는 듯이. 그리곤 비

숱한 물음만 늘어놓을 뿐이었다.

"인간이잖아. 마침 잘됐군. 너에게 기억이라는 건 어떤 의미지?"

숨을 참는 일이 한계에 도달할 정도가 되었고 더는 나에게 헤엄칠 여력 같은 것은 없었다.

"호흡해. 호흡하라고! 아가미가 있잖아!"

그 말을 듣고 내 몸을 바라보니 가슴 아래쪽에 정말로 아가미 같은 것이 있었다.

"세상에 뭐야 이거!"

"여긴 꿈이잖아. 있다고 생각하면 있는 거야."

그제야 마음이 조금 진정이 되는 듯했다.

"맞아, 이건 꿈이었지."

"그래서 너에게 기억이란 어떤 의미지?"

"고장 난 시계 같은 거. 언제나 늦게 깨닫게 되고, 잘못된 것을 가리키고, 나와 현실 사이에 수많은 시차를 만들어 내는 것, 그게 기억 같아."

"그럼, 오늘은 어떤 의미지?"

"언제부인지 알지도 못한 순간에 엉망이 되어버려서 늘 제멋대로 흘러가버리는 거."

그리곤 같은 앞선 질문과 대답들이 반복되었다. 내가 같은 질문에 대답을 하는 것이 귀찮아져서 이제 그만 이 꿈에서 깨어나고 싶다는 생각을 하는 찰나, 금붕어는 새로운 질문을 던졌다.

"그럼 잊히지 않는 그 슬픔들은 시간이 지나면 무엇이 되니?"

12.

그 질문과 함께 나는 꿈에서 깨어났다. 다소 허무맹랑한
꿈, 그러나 내게 새로운 동기를 심어준 꿈. 집 안은 여전
히 정전 상태였고, 창밖을 내다보니 세상의 빛이 일제히
사라진 것처럼 희미한 노을만이 도심의 틈 사이로 아른거
릴 뿐이었다. 하지만 나는 그 물음에 여전히 흔들리고 있
다. 그것은 누군가 넌지시 내 이름을 불러주는 일과 같이
자꾸만 나를 돌아보게 하는 물음이었다.

나를 슬프게 하는 것은 무엇이지. 투명한 유리창에 나의
모습이 슬그머니 비치자, 나는 스스로가 부끄러워졌다.
그리곤 서럽게 울었다.
'아아, 나를 슬프게 하는 것은 나구나.'

모두 안녕히

나는 지금의 모습이 내가 아니라고 믿고 있었다. 아니, 그래야만 한다고 스스로에게 강요하고 있었는지도……

그때 나의 허기진 방 안에 별빛이 내리듯 곳곳으로 다시금 전류가 돌아오고 있음을 깨달았다. 전등이 켜지자, 곧 냉장고 돌아가는 소리가 들려왔다. 휴대폰을 충전단자에 연결하니 붉은 불빛이 들어왔다. 나는 몇 번 헛기침을 한 뒤에, 컴퓨터 전원 버튼을 눌렀다. 딸깍, 소리와 함께 다시 세상과 연결되는 기분을 느꼈다. 겨우 반나절 동안의 정전이 내게 가져온 쓸쓸함이란 결코 작지 않았던 것일까. 마음 속 어딘가에 두근거림마저 느끼면서 나는 얼른 내 온라인 계정에 로그인을 시도했다.

내게 박수를 보내는 댓글과 몇몇 농담들 사이에서 나는 글쓴이의 댓글을 찾아낼 수 있었다. 글쓴이는 '그냥 장난 삼아 쓴 글이었지만, 그래도 고맙습니다.'라고 했다. 나는 속으로 생각했다. 이 사람 정말 장난이었을까. 그 뒤로 나는 별다른 반응을 하지 않았다. 다만, 블로그를 열어 그곳에 오늘 꾼 꿈에 관하여 적었다. 커다란 금붕어를 보았고, 금붕어가 내게 질문을 던졌던 꿈에 관하여.

나는 쿨 하지 않다. 쿨 하고 싶지도 않다. 좋지 않은 일이 있으면 그에 알맞게 그냥 당분간은 서운한 마음으로 지내고 싶고, 좋은 일이 있으면 다소 들뜬 기분으로 하루를 곧잘 살아보고 싶다. 나는 타인에 의해서 기분에 많은 영향을 받는 사람이라서, 다른 사람들도 내가 그들의 기분을 망치지 않게 주의하는 것만큼 조심스럽게 나를 대해주었으면 좋겠다.

오늘 꾼 꿈에서 금붕어는 말했다. 어항은 그냥 비 오는 날씨 같은 것이라고. 그 어항이란 어떤 것일까. 투명하지만, 분명 나의 세계와 다른 세계를 구분하고 있는 경계인가, 나를 숨 막히게 하는 장애물인가, 우리를 더 가까워질 수 없게 만드는 벽인가. 아무럼, 마음에도 아가미가 있다면 좋을 것 같다는 생각을 했다. 너무 답답하거나 숨이 막히지 않도록. 지면에 발이 닿지 않는 물속에서 서서히 가

모두 안녕히

라앉는 것이 삶이라면, 그동안 너무 숨 막히고, 쓸쓸하지 않도록 모두의 마음에 아가미가 있어야 할 것이라고 느꼈다. 만약에 우리들 서로가 서로를 결코 이해할 수 없도록 이루어져 있다 하더라도, 마음에 아가미가 있다면 최소한 각자 고립된 환경 속에서 다른 이들을 충분히 바라보고, 질문하고, 답을 들을 수 있는 시간을 지닐 수 있을 테니까. 고독 속에서도 숨을 쉴 수 있다면, 마음에도 아가미가 있다면, 우리들은 타인은 물론, 자기 자신에 대해서도 조금 더 깊이 탐구할 수가 있을 텐데.

13.

'나는 행복하게 살 수 없어. 왜냐하면 나는 평범하지 않으니까. 나는 일을 할 수 없어. 왜냐하면 나는 누군가에게 좋지 않은 인상을 주는 사람이니까. 나는 더는 누군가를 사랑하지 못할 거야. 그러기에 내 모습이 너무 초라하니까. 이제 나는 누구에게도 사랑받지 못할 거야. 왜냐하면 나조차 나를 사랑하지 않으니까.'

가끔 하염없이 슬픔이 차오를 때면, 그 옛날 샛노란 수영복을 입고 차가운 바닷물에 풍덩 빠지는 상상을 한다. 파도의 일렁임에 몸을 맡기고 웃음을 잔뜩 머금은 채로 해변을 거닐던 순간을 떠올린다. 오늘의 나로서는 결코 상상할 수 없는 그 장면을 그려보고 있으면 어느새 눈가에

모두 안녕히

는 눈물이 핑 도는 것이다.

휴대폰 전원을 켜자, 몇 가지의 메시지들이 도착했다. 대부분은 스팸 문자거나, 요금 관련된 내용이었다. 하지만 그것이 전부는 아니었다. 가장 최근의 메시지는 분명, 나를 기억해주는 사람이 보낸 것이다.

- 지금아, 오랜만이야.
- 몸은 좀 어때?
- 시간 괜찮을 때, 연락 한 번 해줘.
- 이번에 새로 칼럼 연재할 사람을 찾고 있는데
- 네 생각이 났어.

잡지사에서 일을 하는 대학 선배가 며칠 전 남겨놓은 문자였다. 가까웠던 몇몇 친구들을 제외하면 아무에게도 나의 상태에 대해서 말한 적이 없는데, 선배는 내 상황에 대해 제법 알고 있는 눈치였다. 주변인들에게 나는 어떤 사람으로 기억되고 있을까. 나는 모두가 나를 잊었다고 생각했다. 하지만 그것은 어쩔 수 없는 일이라고 생각했다. 살아가면서 자기 자신에게 집중하다 보면 주변에서 어떤 일들이 벌어지고 있는지 좀처럼 깊이 들여다볼 여유가 없는 것도 사실이니까.

심지어는 나조차 나를 잊었다. 아무런 근심도 없이 미소를 머금고 있던 언젠가의 내가 존재했다는 건, 이제 나를 둘러싼 세상과는 아무런 관련이 없는 것처럼 느껴진다. 어쩌면 아름다운 추억이란 돌아갈 수 없는 시간에 대한 자기 위안에 불과한 것인지도…… 돌아갈 곳이 없다는 것은 우리를 서운하게 만든다. 그러나 그것보다 우리를 더욱 눈물겹게 하는 것은 어디에도 나를 기다려주는 이가 없다는 사실이다. 슬픔에 당당해지려면 혼자서도 걸을 수 있어야 한다고 생각했다. 하지만 돌아갈 곳이 없으니, 나아갈 이유도 희미해지는 것을 느낀다. 무릇 외로움이란 '더 열심히'라는 것으로 쉽게 견뎌지지 않는다. 그래서 어려운 것이다.

모두 안녕히

선배는 옛날부터 마음이 따뜻한 사람이었다. 적어도 내가 바라보는 그는 그러했다. 그는 나에 대해 어떤 이야기를 들었을까. 나에 대한 소문은 어떻게 내 주변을 유랑하고 있을까. 세상에서 결코 잊히지 않는 것이 있다면 그것은 바로 소문일 것이다. 그것은 언제나, 어디에나 존재하니까. 이 냉담한 현실 속에서도 소문이란 것은 끝끝내 살아남는다. 그것은 바람처럼 누군가에서 누군가에게로 각자의 생각이 고루 섞이며 관계와 관계를 상황과 환경을 순회한다. 그 과정 속에서 누군가는 황당한 듯 쓴웃음을 짓고, 누군가는 따분한 하루 잠깐의 위안을 얻기도 하겠지. 하지만 무엇도 진실은 아니다.

14.

나는 망설였다. 하지만 그때 마음이 소리쳤다. 늘, 먼저
실망해버리던 것은 내가 아니었던가. 누군가 나에 대해서
진솔한 태도로 다가오기 이전에, 내가 먼저 그럴 것이라
고 그의 마음을 단정지어버리곤 하지 않았던가. 내가 하
고픈 말 대신, 내가 듣고 싶은 말 대신, 그 사람이 해야만
하는 말에 더 큰 무게를 두고, 이미 다 준비되었다는 듯이
체념하는 것은 언제나 내가 아니었던가. 감정이 기진맥
진해지기 이전에 조금의 여력이라도 남아 있을 때 서둘러
내려놓은 것이 늘 나를 보호하는 법이라고 생각했지만 그
것만이 유일한 정답은 아니지 않았나.

기어코 전화를 걸었다. 공허한 방 안에서 울려 퍼지는 통

모두 안녕히

화 연결음, 그 짧은 시간 동안 이미 멈춰버려 제 시간을
잃어버리고 만 나의 하루들이 스르륵 나를 떨리게 했다.

"여보세요."

"선배 저예요."

"오랜만이야, 지금아."

"네. 문자 보고 연락드렸어요. 근데, 저 사실 일을 쉰 지
꽤나 오래됐고, 칼럼이나 기사를 쓰지 않은 지도 꽤 되었
어요."

"응. 나도 일하다가 드문드문 네 소식 들었어."

"네…… 사실은 제가 좀 정상적으로 생활할 수 없는 상황
이라서요. 제가 또 괜히……"

속으로 나는 아차 싶었다. 열심히 다시 일을 해보고 싶다
고 말하려고 했는데 나도 모르게 또 다시 부정적인 방향
으로 대화가 흐르고 있었고, 그렇게 나를 이끌고 나아가
고 있는 것은 다름 아닌 나였던 것이다.

"지금아!"

"네……"

"내가 부탁하는 거니까, 그렇게 무겁게 말하지 않아도 괜찮아."

"……"

"우연히 네 소식 들어서, 너희 회사에 다른 기자님한테 조금 자세히 물어봤어. 미안해. 그래도 너, 그 누구에게도 폐 끼친 거 없잖아. 잘못한 거 아니잖아."

"그렇게 생각해줘서 고마워요. 선배."

"아니, 고마운 건 나야."

"제가 뭘요. 저는 아무것도 한 게 없는 걸요."

"너, 예전에 나 대학교 때 계속 언론고시 떨어질 때, 나한테 뭐라고 했는지 기억나?"

"제가요? 죄송해요. 오래 전이라 기억이 잘……"

"우리, 만나서 이야기 하자."

"아, 그게! 제가 나갈 수가 없는 상황이라!"

"지금아. 네가 부끄러울 거 없어. 부끄러워야 하는 건, 겉모습이 조금 다르다고 너를 이상하게 바라보는 그 눈빛들

이지. 그때처럼 학교 도서관에서 만나! 문자로 더 이야기
하자!"

참 오래 전의 일인데도, 선배는 그날을 기억하고 있었다.
방송사나 신문사에 취직을 희망하는 학생들로 구성된 스
터디 모임에서 선배는 늘 다른 학생들에게 좋지 않은 피
드백을 받았었다. 스터디는 매주 각자 작성한 기사를 다
같이 읽고 그것에 대한 의견을 주고받는 식으로 진행되었
는데, 선배의 기사는 매번 명확하게 사건의 핵심을 꼬집
지 못하는 기사라는 평을 받곤 했다. 그때 매번 구직 시험
에서 낙방하던 선배를 도서관에서 위로해준 것 말고는 달
리 기억나는 게 없다.

몇 분 뒤, 선배에게서 문자가 왔다.
  - 일요일 세시! 학교 도서관.
나는 속으로 이번 주말 내내 태풍이 불어닥치게 해달라고
소원을 빌었다.

15.

새벽이 오면 세상이 온통 고요해진다. 신체의 고단함으로
영혼의 순결함이 깨어나는 듯이, 우리에겐 그 시각, 일상
동안 잠들어 있던 감각들이 눈을 뜨는 것이다. 마음이 괜
스레 말랑말랑해져서는 블로그에 지난 사랑이야기에 대
해 구구절절 써 내려갔다.

보고 싶지만 서로가 서로에게 상처가 될까 봐, 비겁하
지만 그래도 미워하는 것보다는 그리워하는 게 나을까
봐, 후회하겠지만 적어도 영원히 알지 못하는 결말로
남겨두는 편이 영영 텅 비어버리는 것보다는 덜 슬플까
봐서. 괜찮지 않겠지만, 혹시나 언젠가는 괜찮아질까
하는 마음으로.

모두 안녕히

사랑하는 나의 누구야.

사랑해.

사랑이 전부였던 때가 있었어.

다시는 돌아가지 못한다고 체념하면서도

제법 자주 돌아보게 되는 그런 날들이 있었어.

게시글을 올려놓고서, 늘어가는 조회수를 보고 있으니, 혹시나 이 숫자들 중에 한때 내가 사랑했던 사람이 있지는 않을까 하는 생각을 해보기도 했다. 지금 이 순간은 늘 복잡하기만 한데, 주목할 만한 과거들은 언제나 명료하다. 어째서일까. 실은 내가 믿고 싶은 방향으로 과거가 조금씩 굳어져가는 것은 아닐까.

잠이 오질 않아, 처방받은 수면제를 한 알 삼키며 창가에 앉았다. 조용히 신호등을 건너는 사람들을 구경하고 있으니 저 깊은 어둠이 내게 말을 거는 것 같다. 이리 와서 자신을 안아달라고. 다가서고 싶지만 그곳에서 마저 언젠가는 소외돼버릴 것 같은 두려움이 앞선다. 다만, 이 작은

방 안에서 식어가는 눈빛으로 흘겨볼 수밖에 없음에 긴
한 숨만이 부르르 밤의 창가를 부유할 뿐이다.

컴퓨터를 끄고 잠을 이루려는 때, 누군가 내 글에 댓글을
남겨놓았다.

"애틋했던 시간들, 아팠던 순간들은 지나고 나면 무엇이
되나요?"

그 물음 앞에서 한동안 나는 어젯밤 꿈속에서처럼 어항
안에 갇힌 듯 아무 말도 할 수 없었다.

모두 안녕히

16.

온-라인, 모두가 침묵하고 있지만 동시에 한없는 이해관계가 소란하게 일컬어지는 곳. 자유, 네트워크, 메시지, 소문, 스트리밍, 정보의 바다, 시스템, 시선, 우리는 온라인의 공간에서 하루에도 수없이 많은 이미지들을 양산하며 주고받는다. 그 과정에서 나라는 자아는 기존의 틀에서 벗어나 현실의 영역에서는 경험할 수 없는 속도로 시간을 가로지르는 것이다.

마치, 블랙홀 주변을 빛의 속도로 배회하는 우주선처럼 이곳에서 경험하는 우리들의 시간은 현실의 그것과는 사뭇 다르다. 모든 시간의 기록을 저장할 수 있지만, 결단코 그것의 질량마저 느낄 수 있을까. 하루에도 무수히 많은 생각들이 도태되고, 흡수되어, 또 새로운 은유와 상징들이 퍼져나간다. 그것은 효율적이고 정열 가득하고, 순발력 넘치는 동시에 분석적이다.

그럼에도 온라인, 이라는 우주에서는 왜곡되고, 생략되어 있는 것들이 분명 존재한다. 아마도 그것은 '다정함'이라는 의미, 울고 있는 누군가의 등을 살포시 다독여주는 깊이 있는 연민. 나는 한 번도, 그 우주에서 진실을 마주해본 경험이 없다. 그것만은 확신할 수 있다. 어쩌면 진실이란 무관심으로 도태되어버린 그 다정한 시선 속에서만 머물고 있는 것이 아닐까.

사람들은 미친 듯이 단순함에 목말라 한다. 매체들은 마치 단순명료함이 인생을 아름답게 하는 유일한 해법인 듯이 대중에게 착란을 일으키고 있다. 하지만 단순함과 가벼움은 다르지 않나. 즐거운 것과 저급한 것은 차이가 있지 않나. 정말로 가치 있는 경험은 그 복잡한 과정을 마땅히 온당한 것으로 받아들이는 포용일지도 모르겠다. 단순

모두 안녕히

하게 행동한다는 것은 올바른 태도로 살아가고 있다는 작은 믿음에서 시작되는 것이 아닐까. 그 믿음을 지니기 까지 한 명의 인간은 얼마나 많은 밤을 생의 고단함 속에 뒤척여야만 했을까.

신이 있다면 이러한 오늘날의 우리를 가엾게 여겨주시기를. 이 부조리한 자유 속에서 거칠게 몰아치고 있는 공허함을 잠재우고 부디, 눈빛과 피부의 마찰로 진정 선한 인간으로서의 자부심을 일깨워 주시기를.

창밖을 바라보니 너무도 맑은 날씨가 내 마음을 쿡쿡 찔러댄다. 푸른 대지 위에 볼록하게 튀어나온 붉은 혹처럼, 평범함에 속하지 못한 한 명이 사람이 지금 그곳으로 갑니다. 너무 이상하게 바라보지 말아주시기를. 중얼중얼, 나는 망상에 사로잡힌 듯이 주문처럼 기도를 늘어놓았다. 마침내 한동안 굳게 닫혀 있던 문을 열면서 나는 그런 생각이 들었다. 나라는 인간을 고립된 존재로 내 몰지 않기 위한 가장 바람직한 방법은, 피부가 빨갛다는 것이 문제

자체가 되지 않으면 되는 거 아니냐고.

내 삶이 허공처럼 뜬구름 같은 부동의 시간으로 고립된 이후, 누구에게도 드러나고 싶지 않다는 절박함을 지나, 끝내는 이 모든 게 결코 내 잘못이 아니라는 순수한 절규로 이어질 때까지, 내 주변 어딘가에서는 늘 기분 나쁜 소음이 빙빙 나를 에워싸고 있는 것만 같았다. 하지만 내 잘못이 아니다. 그 믿음을 지닌 나는 더 이상 누구에게도 소외받을 이유가 없는 것이다.

과감히 나를 드러내면 모든 게 낮잠처럼 어렴풋이 지워져버렸으면 좋겠다. 흰 빛의 노출로 촘촘히 바래진 필름 속 사진 한 장처럼.

모두 안녕히

17.

거리를 걷는 나는 자꾸만 낯설고, 두렵고, 주눅이 드는 감정에 노출되었다. 플러그를 뽑은 컴퓨터처럼 내 사고는 정상적으로 작동되지 않고 묵묵히 바닥만을 바라보며 다른 것들을 애써 외면해버리고 있다.

무수히 많은 사람들이 이 거리를 채우고 있지만 나는 이들과 관계를 맺고 있다고 느끼지 않는다. 횡단보도 앞에서 모두가 초록 신호를 기다리고 있다. 간혹 신호를 무시하고 냅다 뛰는 사람들도 있지만…… 하지만 나는 그들과 이어져 있다고 느끼지 않는다. 같은 시간, 같은 공간에 머물면서 나는 주변에 존재하는 다른 모든 것들과 전혀 연루되어 있지 않다는 생각이 들었다.

조금 걷고, 지하철을 타고, 내려서 다시 걷고, 마침내 도서관 입구에 도달했을 때, 나는 멈출 줄을 모르는 식은땀으로 탈진에 이를 것 같은 압박을 느꼈다. 입구는 모두에게 열려 있었다. 대학 도서관이지만 일요일은 외부인에게 개방을 하는 모양이다. 나는 정문이 아닌, 구석에 있는 작은 문으로 들어갔다. 그리곤 휴게실 구석에 앉아서 파르르 떨리는 손끝을 바라보았다.

제 시간에 도착하지 못할까 봐 서둘러 나온 탓에 약속시간까지 아직 꽤나 여유가 있었다. '여유'. 참 오랜만에 떠올린 단어였다. 여, 유. 발음을 하는 입모양이 크게 한숨을 쉬는 과정과 비슷하다. 그 어감의 끝에서 한참을 머물렀다. 도서관은 시간이 흘러도 크게 변하지 않았다. 내가 앉아서 이런저런 대화를 하던 휴게실, 여전히 같은 곳에 놓여 있는 커피 자판기, 복도 한쪽에 내가 쓰던 사물함에는 아직도, 같은 낙서가 지워지지 않고 자리하고 있었다. 마치, 긴 공백을 지나 방금 전 과거에 도착한 듯이 스물스물 어떤 기억들이 내 곁을 감싸고 도는 것이 느껴지곤 했다. 공간은 기억

모두 안녕히

을 불러일으킨다. 지나온 시간은 지워지지 않는다. 잊어버렸다고 생각이 드는 곳엔 공백이 아니라, 뒤엉킨 기억이 있을 뿐이다. 잊힌 것이 아니라, 멀어진 것이다.

18.

"지금아! 오랜만이야."

"아…… 안녕하세요, 선배."

나도 모르게 고개를 아래로 떨구고 말았다. 심장이 너무
빠르게 뛴다. 그제야 덜컥 겁이 나는 것이다. 너무 바뀐
내 모습에 혹시나 불편해하면 어쩌지.

"여전하네. 다행이다."

눈물이 핑 돌았다. 이렇게나 변해버렸는데, 여전하다니.
우리는 도란도란 앉아서 이야기를 나누었던 복도 계단에
서 이야기를 나누었다. 정확히 말하면 나는 계단에 앉아

있고, 선배는 난간에 기대어 있었다.

"왜 저한테 잘해주시는 거예요?"

"응? 내가 그랬나."

"일거리도 주시고, 걱정도 해주시고, 애써 당황하지도 않
잖아요. 놀라셔도 돼요, 선배."

"산다는 게 참 웃긴 거지. 그때는 네가 여기에 있었고 내
가 거기에 앉아 있었잖아."

"그랬나요. 정확히 잘 기억이 나질 않아서……"

선배는 지긋이 나를 바라보고 있었다. 나는 그 시선에 눈
물이 날 것 같았지만, 애써 꾹 참고 있었다. 그것은 좋다
싫다의 느낌보다 조금 더 복잡한 것이었다. 지금까지의
시간들과, 누군가의 눈빛에 고개를 푹 숙이며 존재하지
않는 것처럼 흐려지고 싶은 나의 모습들이 중첩되면서 내
가슴을 쿡 찔러댔다.

"내가 매번 시험에 떨어졌을 때, 다른 사람들이 내 단점을

꼬집으면서, 더 보완해야 할 점들에 대해 이야기할 때, 그리고 언론사 시험을 포기하기로 결심하고 지금 네가 앉았던 자리에서 한숨을 쉬고 있을 때, 그때 네가 내게 건네준 말들이 돌아보면 참 큰 힘이 되었던 것 같아. 나도 그때는 몰랐거든, 네가 내게 준 것이 무엇인지. 그냥 솔직히 말하면 그때는 내가 좀 안쓰러워서 내게 따뜻한 말을 해준다고 받아들였던 거야.

그리고 우연히 네 소식을 듣고서, 내 지난 과거들이 스르륵 떠오르는데 그때 네가 내게 주었던 말과 눈빛이 아직도 생생하게 기억이 나더라고. 그래서 알았지. 아, 내가 그때 너에게 참 많은 위로를 받았었구나 하고 말이야.

지금아, 여전하다고 했던 말은 진심이야. 네가 나한테 줬던 건, 그리고 지금도 내게 주고 있는 것이 있어. 너에게 연재를 부탁했던 건, 너의 상황이 불쌍하고 안쓰러워서가 아니야. 너를 보며 느끼는 나의 기분이, 글을 읽는 이들의 마음속에도 잘 전달되었으면 하고 생각이 들었던 것뿐이야. 그리고 이렇게 너와 마주하니까, 나는 네가 잘할 수 있다는 믿음이 생겼어. 부탁할게."

동기들이 큰 언론사에 취직할 때, 선배는 혼자 작은 잡지사에 들어갔다. 그때 모두가 위로를 했다. '아쉽다. 더 잘될 수도 있었는데'라는 뉘앙스의 위로. 지금 생각해보면 그게 위로받을 일인지에 대해서도 의구심이 들지만……선배는 잡지사에서 말 그대로 자신의 능력을 인정받아 젊은 나이에 벌써 잘나가는 편집장이 되었다. 선배는 자신의 중요한 순간에 내가 건넨 한마디가 큰 용기를 만들어주었다고 했다. 하지만 나는 모르겠다. 내가 선배에게 어떤 말을 했는데, 무엇을 주었는지.

"고마워요 선배. 조금만 더 고민해볼게요. 제가 괜히 폐를 끼치면 안 되니까, 저도 잘할 수 있다는 생각이 들면 그때, 다시 연락드릴게요."

선배는 지긋이 웃으며 쪽지 하나를 건넸다.

　811.36 ㄱ4827ㅅ.

　p118. 02.

그 안에는 암호 같은 몇 개의 글자들이 쓰여 있었고, 나는
그제야 어렴풋이 생각이 난 것이다. 그날, 내가 선배에게
무엇을 주었는지.

모두 안녕히

19.

집으로 돌아오는 길에는 거의 일 년 만에 버스를 탔다. 창
가에 기대어 나는 한동안 멀리서만 지켜보던 도심의 밤
속에 깊이 들어와 있음을 느꼈다. 잊히고 싶다고 생각했
지만, 실은 더 이상 스스로의 삶에 어떤 희망도 일어나지
않을까 봐 망연자실하고 있었던 건 아니었을까. 나는 인
터넷에 접속하여 며칠 전 내 글에 남겨진 질문에 답을 달
았다.

- 애틋했던 시간들, 아팠던 순간들은 지나고 나면 무엇
  이 되나요?
- 저에게 아팠던 시간들은 지나고 나서도 아픕니다. 저
  에게 애틋했던 순간들은 시간이 흘러도 애틋합니다.
  추억의 효용은 여전히 거기에 내가 있다는 것이겠지

요. 나는 여전히 아프고, 나는 아직까지 사랑합니다. 그날, 그곳에서.

입김을 하— 하고 곱게 떠나보내니 창가에는 아른아른 성에가 차올랐다. 뿌옇게 흐려져가는 창 너머의 풍경들, 적당히 떨리고, 정차해야 할 역에 섰다가 다시 출발하기를 반복하면서 집으로 가는 길. 가슴에 다소 답답함이 느껴져, 조금 이른 시점에서 내리고 말았다. 답답하다는 말과 나 사이에는 얼마나 많은 의미들이 생략되어 있을까. 슬프다는 말과 나 사이에는 얼마나 많은 기분들이 비어 있을까.

나는 … 슬프다. 언제부턴가 그 사이에 생략된 감정과 의미들에 대하여 스스로에게 물음을 던지지 않았다. 묻는 것만으로 더 아프기 때문에. 실은 무관심이라는 것은 두려움에 기초하는 게 아닐까 하는 생각마저 든다. 끊임없이 물음을 놓지 않으며 살아가는 삶은 아름답지만 동시에 가혹하니까. 그래서 소중한 것들은 늘 조금 이르게 내곁을 떠나고, 아름다운 것들은 약간씩 더디게 찾아오는가

모두 안녕히

보다. 사랑하면 강해진다고들 하던데, 그냥 나약해도 서로 사랑할 순 없을까. 조금 약하고 용기가 없어도, 이 삶을 사랑할 수 있도록.

20.

811.36 ㄱ4827ㅅ.

p118. 02.

내가 그때, 선배에게 무슨 말을 했었는지에 대해서는 아직도 잘 기억이 나질 않는다. 다만, 기억이 나는 것은 내가 좋아하는 책 속의 구절을 알려주었다는 것뿐이다. 허나 나는 그것을 곧이곧대로 다 알려주지는 않았다. 내 역할은 도서 청구기호와 페이지를 알려주는 것이 전부라고 생각했던 것이다. 슬픔 속에 주저앉은 이가 다시 활력을 되찾는 방법은 스스로 그 안에서 걸어 나오는 방법밖에는 없다고 믿었기 때문이다.

모두 안녕히

계단에 걸터앉아 눈시울을 붉히던 선배는, 어느 날 내가 전해준 기호를 따라 도서관을 들렀고, 누군가가 써놓은 그 수많은 책들 사이에서 운명처럼 하나의 책을 골라 펼쳐보았을 것이다. 권유나 조언은 얼마든 타인이 해줄 수 있는 것이지만, 그것을 자신의 삶에 적용하여 소위 말하는 진정한 위로를 경험하는 일은 자기 자신의 몫이 아닐까.

내가 전하고 싶었던 문장이 그에게 얼마나 큰 성장을 가져다주었을지 나는 모른다. 하지만 분명한 것은 그가 여전히 그때의 일을 기억하고 있고 아직까지 가슴 속에 그 문장을 지닌 채로 살아가고 있다는 것이다. 그리고 그것은 얼마간의 무료한 세월을 지나, 슬픔의 시절을 거쳐 다시금 내게로 돌아왔다.

때때로 나는 이 세상에서 마땅한 자격을 얻지 못해 서글퍼집니다. 간혹 나는, 사회로부터 능력을 부정당하여 깊은 좌절을 경험합니다. 하지만, 도대체 그 세상이라는 게 무엇이고 사회라는 것은 또 무엇일까요. 오늘날 나는 그것이 무엇이든 자기 자신보다 큰, 세상이란 없고 나라는 존재보다 더 고귀한 사회란 없다고 믿습니다. 어쩌면 올바른 자격과, 쓸모 있는 능력이라는 것도 세상이나, 사회 따위가 아니라 지금까지의 내가 스스로에게 부여하는 가치일 테지요. 오늘날, 나는 스스로에게 얼마나 자상한 사람입니까. 그 물음의 언저리에서 늘 자신을 돌아보는 일이 바로 의미 있는 삶이라는 것이겠지요.

집으로 돌아와 나는 오랜만에 사진을 찍었다. 불그스름하고 거칠어진 피부를 보면서, 요즘 내 삶의 시간이 그저 가을처럼 짙어져 가고 있는 것이라고 마음먹었다. 그냥 그렇게 믿어보기로 했다. 참으로 오랜만에 나를 들여다보았던 것 같다. 사진 속의 나를 아주 자세히 바라보면 어딘가 모르게 여윈 미소를 짓고 있는 것 같은 기분이 들었다. 내 곁을 오래 맴돌고 있는 이명도, 이따금 내 안에서 휘몰아치는 자기 비난도, 언젠가는 흰 눈송이들 속에서 한 폭의 여백처럼 먹먹하게 가라앉을 날이 찾아오겠지.

모두 안녕히

나는 사진을 블로그에 올렸다. 그것은 세상이나 사회, 혹은 타자의 시선 같은 것들로부터 애써 숨지 않겠다는 나만의 다짐이었다.

21.

눈을 뜨니, 시곗바늘은 정오를 훌쩍 넘긴 시각이었다. 잠
에서 일어나 개운하다는 말이 입 밖으로 쏟아지려 하는 것
은 도대체 얼마만의 일인가. 기지개를 켜고 커피 한 잔을
내리고는, 늘 그랬듯 인터넷에 접속하여 신문 기사를 읽어
내려갔다. 비록, 그 개운함은 그리 오래가지 않았지만……
심지어는 몸과 마음이 휘청거리며 창백해진 손아귀의 힘
으로 뜨거운 커피 잔은 바닥으로 쏟아지고 말았다.

포털 사이트 메인을 장식한 기사 때문이었다. 눈에 익은
사진 한 장과 함께 작성된 기사는 오싹할 만큼 높은 조회
수를 기록하고 있었다. 누군가 어제 올린 내 사진으로 기
사를 쓴 것이다. 내 여윈 미소의 의미에 대하여 제대로 헤

모두 안녕히

아리려는 노력조차 없이.

'상처를 이겨낸 전직 기자, 따뜻한 위로를 전하다'

기사의 내용이라고 해봐야, 희귀병에 걸렸다더라, 그럼에
도 요즘은 인터넷에서 여기저기 외로운 이들을 위해 위로
의 글을 쓰고 있다는 정도의 것이었다. 댓글에는 내 근황
에 대한 수많은 추측들이 일었고, 내 모습에 대한 날카로
운 표현들과 그저 겉돌기만 할 뿐인 위로들이 적혀 있을
뿐이었다.

떨리는 손으로 애써 블로그를 비공개로 설정해두고, 컴퓨
터 전원을 껐다. 외마디 비명도 없이 삶이 엉망이 되는 기
분에 대하여 헤아려주는 이가 있을까. 나는 말없이 옷장
서랍을 열어 구석 어딘가에 숨겨져 있던 샛노란 수영복을
꺼냈다. 옷을 다 벗고, 커튼을 젖히고, 창가에 비치는 내
모습에 수영복을 겹쳐보았다. 이윽고 무언가에 홀리기라
도 한 듯이 수영복을 입고서 그 위에 긴 트렌치코트로 몸
을 숨겼다.

서둘러 준비를 마치고, 집 앞에서 택시 한 대를 잡아타고는 기사님께 가능한 가까운 바다로 데려다달라는 부탁을 드렸다. 기사님은 요금에 대한 이야기를 했고, 나는 그런 것은 아무런 상관이 없다고 대답했다. 내가 가진 모든 것을 쏟아내어서라도 바다를 향하고 싶은 심정이었다.

도심을 벗어날수록 밀집되어 있는 건물들의 모습이 더욱 딱딱하고 탁하게 다가왔다. 그리곤 마음속으로 나지막이 속삭였다.

'순 엉터리, 모든 것은 다 엉망진창이야. 나는 더 이상 이 따위 왜곡된 시선들에 상처받아서는 안 돼.'

짧은 독백이 지나간 뒤에 새빨간 손끝을 이용하여 창가에 단어 하나를 적었다. '소문'. 하지만 그것은 정말 소문에 불과한 것일까. 그 말의 자음과 모음을 나뉘어서 순서만 조금 바꾸면 애처롭게도 '모순'이란 단어가 된다. 같은 문자를 가지고도 조금만 균형을 비틀면 전혀 다른 의미를 만들어 낼 수 있는 것이다. 나는 그것이 오늘날 내가 살아가고 있는 세계라는 생각이 들었다.

모두 안녕히

마침내 바다에 도착한 나는 기사님께 정중히 감사의 인사를 전하고 해변을 걸었다. 그곳에는 오늘따라 유난히 붉은 노을이 나를 기다리고 있었다. 그제야 나를 감싸고 있던 옷가지들을 벗어두고 몸을 반쯤 바다에 맡길 수가 있었다. 아른아른 거리는 노을이 파도 위로 부서질 때, 나는 애써 참았던 울음을 터뜨렸다. 이윽고 노을을 한껏 머금은 바다 빛깔은 장밋빛 인생처럼 새빨갛게 물들어서 나는 더 이상 누구의 곁눈질도 신경 쓸 이유가 없었다. 비로소 가시처럼 날카로운 긴장을 내려놓고서 쓸쓸히 읊조릴 수가 있었던 것이다.

아아, 나를 서운하게 하는 것 모두 안녕히-

과감히 나를 드러내면
모든 게 낮잠처럼 어렴풋이
지워져버렸으면 좋겠다.
흰 빛의 노출로 촘촘히 바래진
필름 속 사진 한 장처럼.

우리의 마지막 바다

있잖아, 우리 바다 보러 갈까?

"마지막으로 우리 바다 보러 갈까?"

그 말에 왜 나는 선뜻 답을 하지 못했던 걸까요. 당신이 건넨 그 한마디가 고마우면서, 다시 이 모든 걸 제자리로 되돌려 놓으려는 노력이 내게는 너무 큰 짐처럼 여겨지네요. 계속해서 회피하고 도망치고만 있을 뿐이에요. 맞아요. 나는 알고 있어요. 침묵으로 일관해오는 이 시간에 당신에겐 얼마나 괴롭고 아픈 순간으로 기억될지에 대해서 말이에요. 하지만 다시 한 번, 이라는 말에 확신이 없어서 나는 오늘도 휴대폰을 만지작거리고, 차마 보내지도 못할 말들을 몇 번씩이나 썼다 지우다가 끝내는 그냥 아무런 말도 건네지 않았어요.

"어려운 시기, 함께 지나와줘서 고마웠어. 잘 지내."

또 당신에게 문자가 왔어요. 무엇이 그렇게 어려웠을까
요. 과거를 돌아보면, 실은 웃고 있는 모습들이 더 많이
생각나요. 하지만 그러다가 문득, 당신을 울리는 나의 모
습과 나를 답답하게 하는 당신의 말들 앞에서, 나는 망연
자실함을 느껴요.

"내 시간을 지켜주는 게 그렇게나 어려운 일이야?"
차갑게 내뱉은 나의 날카로운 말 한마디에 당신은 인상을
잔뜩 찌푸리며 되물었지요.
"왜 오빠는 오빠 생각만 해?"
나는 깊은 한숨을 내쉬었어요. 당신은 나를 바라보고 나
는 애써 고개를 돌려요. 내가 정말 이기적이었던 걸까요.
아니면 당신이 나에게만 유독 과민한 반응을 보이는 걸까
요. 그것도 아니면 그냥 우리라는 사람이 잘 맞지 않아서
그랬던 걸까요. 내가 아무런 대꾸도 하지 못했던 건, 당신
의 마음을 외롭게 했다는 것에 대해서 스스로 어느 정도

인정하는 부분이 있기 때문일 수도 있겠어요. 하지만 나는 결단코 내 시간이 중요한 만큼, 당신과 함께 보내는 시간도 너무나 소중했던 걸요. 다만, 당신은 그것에 부족함을 느끼고, 나는 부담을 느끼고 있을 뿐이에요.

당신은 저 멀리 빠르게 등을 돌려 내게서 멀어졌지요. 그때 왜 나는 곧장 당신을 뒤쫓아가지 않았던 걸까요. 얼마간의 시간이 지나고 뒤늦게 멀어진 방향으로 달려보았지만 당신의 모습은 보이지 않았어요. 의문이 드는 것은, 당신이 그렇게나 빨랐나 하는 점이었지요. 평소엔 조금 내성적이고, 무엇이든 꼼꼼하게 확인하고 행동하는 성격이라서 나는 당신이라는 사람이 어딘가 조금씩 더딘 사람이라고 생각했었거든요…… 하지만 꼭 그렇지만도 않았던 것 같아요. 어쩌면 늘, 나와 있는 시간을 소중하게 생각해서 영화표 하나를 예약해도 실수하고 싶지 않아서, 내게 예쁨받고 싶어서, 그렇게 꼼꼼히 보고 생각하고 행동했던 걸까요? 이제는 묻고 싶어도 아무것도 물을 수 없고 당신의 마음은 영영 비밀로 남을 뿐이겠죠.

모두 안녕히

"그렇게 먼저 돌아서버려서 미안해. 내가 나빴어."

늘, 먼저 화를 내는 것은 당신이었지요. 그리고 늘 먼저
화해를 청하는 것도 바로 당신의 몫이었어요. 그때는 작
은 것 하나에도 쉽게 토라지고 마는 사람이라며 나무라곤
했었는데, 이제서야 그건 당신에게는 결코 작은 것이 아
니었을 수도 있겠다는 생각이 밀려오기도 하네요. 후회와
깨달음은 참 많이 닮아 있는 것 같아요. 하지만 후회하며
깨달아봐야, 더는 당신이 내 곁에 없는 것을. 우리가 느끼
고 있는 이 권태와 상실감이 다시금 회복될 수 있을까요?
때때로 마음에서는 결코 노력만으로 되지 않는 일이 있다
는 생각이 들어요. 하지만 당신의 마음은 어땠을까요. 내
가 인정하는 그 어쩔 수 없음마저 당신은 사랑으로 부정
할 수 있다고 생각했을까요. 글쎄요, 나는 잘 모르겠어요.
금이 간 것들은 조심스레 껴안을 수 있지만 어쩌면 당신
에 대한 내 마음은 와르르 무너져 버린 것은 아니었을까
요. 돌이킬 수 없다고 느껴지는 것을 보면 마음이라는 것
에는 아무런 형체가 없어도, 자칫하면 선명하게 깨뜨려질

수도 있는 것인가 봐요. 허무하지만, 우리 헤어졌어요.

울지마, 네 잘못 아니야.

세수를 하기 위해 세면대에 물을 틀었는데, 동그랗게 원을 그리며 그 안으로 스르륵 막힘없이 내려가는 물줄기를 보며 울컥 눈물이 났어요. 당신을 만나기 전에는 늘, 꽉 막혀 있곤 했었는데…….

집에서 소파에 앉아서 텔레비전을 보고 있는데, 당신이 화장실에서 한참이나 나오지를 않던 날이 있었지요. 나는 걱정이 되어 노크를 했고, 다짜고짜 당신은 나에게 미안하다는 말을 했지요. 그렇게 닫힌 문 사이에서 우리는 서로 몇 분을 더 끙끙댄 뒤에야 겨우겨우 그 문을 열 수가 있었잖아요. 당신은 땀을 뻘뻘 흘리면서 세면대를 막은 머리카락을 꺼내고 있었지요. 늘, 다음에 해야지. 다음엔 깔끔하게 청소해놓아야지 했다가도 매번 내가 미루고 말

모두 안녕히

았던 일을 나를 위해서 다름 아닌 당신이라는 사람이 대신하고 있는 모습을 직접 목격한 순간이었지요.

"오빠, 미안해."
"미안하다니 아니야, 왜 그래……"
울먹이면서 다짜고짜 미안하다고 말하는 당신의 얼굴을 보며 나도 꽤나 당혹감을 느꼈던 것 같아요.
"이거, 나는 막힌 부분만 긁어내려고 했는데 고장 나버렸어…… 미안해."

그때 나는 속으로 생각했어요. 이게 그렇게나 미안해야 할 일인가 하고 말이에요. 되레 나에게 피해를 주었다고 생각하는 당신을 나는 꼭 안아주었지요. 그리고 당신에게 말했어요. 이건 절대로 네가 미안해 할 일이 아니라고, 이건 그냥 내가 미리미리 했어야 하는 일을 미뤄서 생긴 사고일 뿐이라고. 다음날 아침 우리는 함께 집 근처 철물점에 들러서 오래된 수도관을 새 것으로 바꿨지요. 이제 꽉 막혀 있던 세면대는 시원한 소리를 내면서 어딘가로 흘러내려가요. 마치 아무런 미련도 없는 것처럼.

하루하루 쌓여가던 일상의 짐 때문에, 매번 덧없이 흐르다 고이며 제 갈 길을 모르던 나에게 당신이라는 존재는 소중한 친구이자 연인이었어요. 말없이 함께 걸을 때면, 늘 나를 보며 무슨 생각을 하냐고 물었던 당신에게 왜 그냥 아무것도 아니라는 말만 늘어놓을 뿐일까요. 어쩌면 그냥 솔직해도 되는 일들에 있어서 우리가 너무 소극적이었는지도 모르겠네요. 그냥 한번쯤은 말해줄 걸 그랬나 봐요.

지금 너랑 이렇게 걷고 있어서 너무 좋다고.
세상에 그 무엇도 부러울 것이 없다고.

구석구석 아무도 들여다봐주지 않아서 먼지가 쌓여 있던 내 속마음을 열어주었던 것도 당신이고, 친절하게 끌어안아 줬던 것도 당신이었지요. 나는 당신으로 인해 꽤나 고단한 시절을 그럭저럭 잘 버텨올 수가 있었던 모양이에요.

모두 안녕히

이제는 당신이 머물지 않는 내 방이지만 공교롭게도 매번 청소를 할 때마다 그 긴 머리칼이 불쑥 등장하기도 해요. 그러면 나는 곧장 서글퍼져서 찬물로 샤워를 하고 괜히 친구들에게 전화를 걸어보기도 하면서 잠깐이나마 이제 더는 당신이 이 곳에 없다는 사실을 못내 인정해보곤해요. 미련도 없이 빠르게 흘러내려가는 물줄기에 얼굴을 담그고 잠시 동안은 멍하니 눈을 감아요. 있는 힘껏 숨을 참으면서.

"오빠 늘, 다른 사람에게만 따뜻하잖아."
그 말을 들었을 때, 나는 버럭 화를 내고 말았지요.
"그런 적 없어."
"늘, 내가 우선순위에서 밀리는 것 같아."
"그게 아니라, 어쩔 수 없는 상황이잖아."
"뭐가 어쩔 수가 없어? 아니, 할 수 있는데, 안 하는 거야."
"그러는 너는 왜, 기다려주지 않는 건데?"

늘 그렇듯 비슷한 상황 때문에 일어나는 다툼들, 서로의 마음에 멍을 들게 하는 말들로부터 나는 영영 도망쳐버리고 싶었어요. 나는 솔직히 이해하지 못했어요. 당신이 왜 그토록 자신을 바라봐달라고 소리쳤는지에 대해서 말이에요. 늘, 나는 당신 곁에 머물고 있다고 생각했는데 당신이 애타게 말하던 자신을 바라봐달라는 말의 의미는 도대체 어떤 것이었을까요. 실은 아직도 모호하고 어렴풋하기만 해서, 정확히 내가 어떤 미안함을 느끼고 있는 지에 대해서도 해석하기가 어려운 것 같아요. 하지만 가슴이 저릿하네요. 그 날을 떠올리면, 당신의 울먹이는 눈빛과 파르르 떨리는 입술에서 나온 그 한 마디가 떠오르면 나는 죄를 지은 듯이 고개를 푹 떨구고 말아요.

"늘 기다렸어. 항상, 기다리고 있었어. 이번엔, 다음엔, 그리고 그 다음엔 내 마음을 온전히 헤아려주는 날이 오겠지 하면서."

그러게요. 왜 나는 늘 다음으로만 미루었던 걸까요. 당신이 바다를 보러 가고 싶다고 말했을 때, 왜 나는 당장 함

모두 안녕히

께 떠나지 못했을까요. 바쁘더라도 조금만 무리를 해서라
도 다녀올 수는 없었던 걸까요. 꽃이 지기 전에 다녀오자
고 말했던 소풍도, 장마가 지나기 전에 함께 듣기로 했던
텐트 안에서의 빗소리도, 낙엽이 다 지기 전에 손잡고 걸
어보기로 했던 울창한 숲길도, 늘 다음이란 말 뒤에서 쓸
쓸히 흐려져 갔지요. 아무것도 이루어지지 않았어요. 다
음이라는 이유로. 어째서, 무엇이 나와 당신의 시간을 방
해했던 걸까요. 다음에, 다음번에는 꼭…… 나는 당신이
라는 사람에게서 늘 한 걸음 먼 계절로 머물고 있었던 건
아닐까요. 실은 내가 그렇게 바랐던 나에 대한 이해란 것
도 그저 봄은 따뜻하니까, 이 스산한 겨울 골목에서 조금
만 묵묵히 기다려달라는 일에 불과했었나 봐요.

아무런 힘이 되지 못해 미안해요

우리의 상황이 반대였다면 어땠을까요. 가끔 그런 생각을
하거든요. 내가 도서관에서 하루 종일 공부를 하고, 당신

이 회사를 다니고 있었다면 하는 생각. 서로의 입장과 상황이 반대인 상황. 그때는 나는 당신을, 당신은 내 마음을 조금은 더 깊이 이해해줄 수가 있었을까요.

"옆에서 아무런 힘이 돼주지 못해 미안해요."

당신이 준비하던 시험에서 매번 떨어질 때마다, 나는 어떤 방식으로 당신의 마음을 다독여줄 수 있을까 고심했어요. 눈치 보지 않아도 된다고, 아직 그렇게 조급하게 생각하지 않아도 된다고 말을 하자, 당신은 복잡한 심정이 드는지 울적한 표정을 짓곤 했었지요.

"나는 오빠 옆에서 쓸모없는 사람인가 봐."

그런 당신의 말을 들으면서 문득 스스로도 맥이 풀리는 기분을 느끼곤 했어요. 한편으로는 함께 데이트를 하고 있을 때나, 나를 위해 자신의 시간을 서슴없이 투자하는 당신을 보면서 때로는 그 시간에 조금 더 공부에 전념하

모두 안녕히

기를 바랐던 것도 사실이에요. 늘 속으로 조금 더 절박하게 시험에 매달려봤으면 싶었지만, 혹여나 부담이 될까 봐 나는 아무런 말도 하지 못했던 것 같아요.

명절에 집에 내려갔을 때, 오랜 연인에 대해 안부를 묻는 부모님께 나는 공연히 부끄러운 마음이 들어 냉큼 대화 주제를 바꾸었던 기억이 나요. 동시에 지금도 열심히 공부를 하고 있을 당신에게 미안한 마음이 들었어요. 당신은 결코 부끄러운 사람이 아닌데, 나는 왜 떳떳하게 당신을 내비치지 못했을까요. 분명, 내게는 너무나 자랑스러운 당신인데, 어째서 나는 타인 앞에서면 그냥 어색한 미소로 당신 이야기를 대신했을까요. 늦었지만 미안해요.

"더 많이 대화 나누고 싶어서 그랬던 거야."

퇴근 후, 종종 조금 피곤한 마음에 전화기에 대고 조금 귀찮은 듯한 말투로 당신의 말을 흘려듣고는 했었지요. 당신은 크게 서운해했고, 나는 또 뭐가 그렇게 불만이냐고 고개를 화를 냈어요. 당신은 정성스럽게 자신의 일상에 대해 이야기 했지만, 그 대화의 끝에서 나는 언제나 진심 어린 위로와 관심을 전해주어야 할 것 같은 책임이 뒤따랐던 것 같아요. 위로란 건 뭐 좋은 거죠. 그건 온화하고 사려 깊은 마음이니까, 하지만 나는 언젠가부터 그 위로를 전하는 일이 지겨워졌어요. 나에게도 말하지 못한 고민들이 참 많았거든요. 내게는 그걸 표현할 기회가 없었어요. 나는 언제나 당신에게 든든한 위로를 전해주는 역할로만 머물렀던 것 같아요. 당신을 위해서 그렇게 했다고 생각했는데, 실은 그게 우리는 멀어지게 하는 결정적인 계기 중 하나이기도 했던 것 같네요.

나로서는 당신의 서운함을 들어주는 것에 권태를 느끼게 되었던 것 같아요. 비슷한 이야기, 어제와 크게 다르지 않은 섭섭함 속에서 나는 별로 마음이 동요하지 않았거든요. 실은 그때 생각했어요. 고단한 누군가의 마음에 작은 창을 열어주는 일이란, 정말이지 어려운 일인 것 같다고 말이에요. 내게도 나만의 고달픔이 있었거든요. 배려한다

모두 안녕히

는 핑계로 내 속마음을 솔직히 다 내비치지 못했던 것 같아요. 가끔은 이런 죄책감을 느끼고 있는 스스로를 보면서 당신이 원망스러웠던 적도 있어요. 당신이 매번 시험에 떨어져서가 아니라, 그 좌절감으로 인해 나 또한 깊은 쓸쓸함을 느껴야 했던 그 반복된 상황들이 못마땅하고 실망스러웠던 것 같아요.

"항상 마음 불편하게 생각해서 나도 정말 미안해."

오랫동안 이어져온 시험 준비 탓에 당신은 친구들을 잘만나지 않았지요. 나를 두려웠어요. 당신을 둘러싼 세계가 차츰차츰 좁아져 가고 있는 것 같았거든요. 내게 의지하는 시간이 많아질수록 나로서는 우리 사이에 여유라고하는 작은 평화가 언제쯤 찾아올 수 있을까 고심하곤 했어요. 가끔 친구들을 만나고, 맥주 한잔을 마실 때에도 나는 늘 가슴 한편에 미안함을 느껴야만 했어요. 나만 이런자유를 누리고 있어서, 혹시나 당신이 서운해하지는 않을지…… 하지만 그때마다 지독하게 휴대폰을 울리는 당신

의 전화에 나는 애써 벗어나고 싶은 기분을 느꼈던 것도
사실이에요.

나를 향한 네 마음에
때로는 새하얗게 바래져버릴 것 같아

수없이 나눈 아침인사, 함께 보냈던 밤, 멍하니 누워 서로
의 미래를 그리던 아름다운 시절속의 우리들은 조금씩 어
른이라는 옷을 입고, 책임감이라는 그릇 위에 놓여 자신
이 속한 영역 속에서 스스로 무엇이든 증명해야 할 나이
가 되었지요.

때때로 마냥 어린애처럼 세상을 다 잊고 오직 우리 둘만
생각하는 채로, 자신을 사랑해달라는 당신의 마음 앞에서
나는 이러지도 저러지도 못한 채 방황을 해야 했어요. 서
로 사랑만 하며 살 수 있다면 얼마나 좋을까요. 나도 그러
고 싶어요. 하지만 내가 사회에 나와 목격한 것은 그 좋아

하는 마음만 가지고는 무엇도 지킬 수 없을 것만 같은 불안이었거든요. 나는 겁이 났어요.

"오늘 같은 날에는 나한테 좀 집중해주면 안돼?"

갑작스러운 업무 전화 때문에 나는 또 당신을 기다리게 만들었지요. 그러고는 물밀 듯 밀려오는 억울함. 나도 잘하고 싶었거든요. 누군가를 사랑하는 사람으로서, 맡은 바 업무를 수행하는 직원으로서, 누군가의 가족으로, 누군가의 친구로, 나도 그들에게 사랑받고, 인정받고, 최선을 다하고 싶었거든요. 하지만 나를 향한 기대와 압박이 두터워 질수록 나는 쓸쓸했어요.

"미안하다고 했잖아."
"뭐가 미안한데?"
"아니, 그냥 너 기다리게 한 거 말이야."
"나랑 있는 시간이 오빠에겐 중요하지 않은 건 아니고?"
"제발, 이제 이렇게 서로 감정 낭비 같은 거 하지 않기로 했잖아."

"낭비?"

"그렇게 말꼬리를 잡고 늘어지는 것도 이제는 정말 지긋
지긋해."

연인 사이에 있어 가장 경계해야 할 대상은 무엇일까요.
돌아보면 우리에게 커다란 벽이 되었던 그 감정은 지겨움
이라는 생각이 들어요. 벗어나고 싶은 기분, 지긋지긋함.
그 무렵, 나는 서서히 당신에 대한 마음을 정리해나가고
있었던 모양이에요. 왜냐하면 내가 모두에게 인정받을 수
있는 능력이 되지 않는 인간이니까요. 다 가질 수는 없으
니까요. 당신이란 사람이 싫증났던 것은 아니에요. 내 역
량으로 당신을 사랑하다가는 아무것도 지키지 못할 것 같
아서, 그래서 내려놓았을 뿐인 거예요.

이를 테면, 일전에 당신이 내게 했던 우선순위와 같은 것
들을 그때 처음 진지하게 속으로 생각해보았던 것 같아
요. 그리고 당신이 내게 화를 내면 낼수록, 내게 자신을

모두 안녕히

더 바라봐줄 것을 요구할수록, 공교롭게도 당신을 향한 내 마음의 우선순위는 서서히 멀어져 갔어요. 이윽고 다가온 우리의 끝, 아주 가벼운 다툼에 나는 툭, 하고 모든 것을 내려놓기로 결심했어요.

"너에게 내 마음을 증명하는 일 같은 거, 이제 그만하고 싶어."

연애의 끝이란 이해하고자 하는 마음이 다 소진될 때 다가오는 거 아닐까요. 무기력하다고 해야 할까. 내 마음이 결코 작지 않음에도, 만족하지 못하는 상대에게 그것을 전하고 증명하기에 벅차고, 더는 서로를 상처 입히는 말다툼이 지겨워질 때, 그때 연애는 끝이 나는 것 같아요. 그러니까 관계의 끝이라는 건 헤어진다는 말보다 내려놓는다는 말이 더 정확한 표현일 거예요. 연애가 끝난다는 건, 멀어진다는 게 아니라, 그 자리에서 멈춰버리는 것이니까. 당신은 그곳에, 그리고 나는 여기에, 절대로 좁혀지지 않는 그 간격을 두고서 마음이 멎어버렸던 거예요. 마치 갑작스럽게 전류가 사라져버린 브라운관처럼, 어두운 화면만이 놓여 있고, 원래 있어야 할 것들 대신에 과거의 아련했던 마음들이 스멀스멀 피어오를 뿐이에요.

행복했던 추억도
어쩌면 다 지워야 하는 걸까요

우리의 마지막 바다는 서로를 동반하지 못하고 이토록 외로이 가까워지고 있네요. 저는 지금 바다를 보러 가는 중이에요. 당신에게 받았던 편지들을 보다가 어떻게 처분해야 할지를 몰라서 한참을 망설이다가 나왔어요. 행복했던 추억도 어쩌면 다 지워야 하는 걸까요.

그러고 보면 사람의 마음이란 게 참 간사한 것 같아요. 백번을 잘하려고 노력하는 그 모습이 대견해 보이다가도, 크게 한 번 나를 실망시키는 그 장면에 마음이 확 돌아서기도 하니까요. 내가 당신에게 준 편지들, 그리고 당신이 내게 준 편지들에선 공교롭게도 늘 같은 말들이 비슷한 느낌으로 등장하곤 했어요.

"앞으로는 내가 더 잘할게."

하지만 더 잘하지 않아도 우리들은 무리 없이 서로를 이해할 수도 있지 않았을까요? 자신을 잃어버리면서까지 타인을 사랑한다는 것이 정말 아름다운 것인지에 대해서 나는 정확한 답을 내릴 수가 없네요. 여전히 말이에요.

나는 그 편지들을 서랍 가장 깊은 곳에 밀어놓고 왔습니다. 차라리 마음도 편지 같은 것이었으면 좋겠네요. 그렇다면 헤어지고서 슬픔 마음일랑 툭 어두운 서랍 속에 밀어 넣어두면 그만일 텐데. 있잖아요, 마음이 정말 편지 같은 거라면 그 안에 적어두었던 영원히 너를 사랑하겠다는 말도 애써 새까맣게 덧칠해버릴 수도 있을 텐데 말이에요. 정말로 마음이라는 게 이제는 덧없는 이 편지들처럼 얇고 가벼운 것이었다면, 나는 굳은 결심으로 그것들을 잘게 찢어버릴 수도 있었을 거예요. 하지만 마음이 편지였다면 내 안에 있는 감정들을 고스란히 당신에게 전해줄 수도 있었을 테지요. 만약에, 내 마음을 편지처럼 당신에게 보낼 수 있었다면, 그걸 읽는 당신을 보면서 한차례 눈물을 글썽일 수도 있었을 테지요.

"소중한 추억은 시간이 지나도 사라지지 않아요."

당신이 내게 마지막으로 고한 메시지를 바라보면서 차마 추억이 되지못한 우리의 마지막 바다를 향해 가는 길입니다. 나를 만나고, 나와 사랑을 하고, 끝내 나와 헤어진 뒤에 당신은 어떤 사람이 되어갈까요. 어쩌면 마음이 무너져 내렸다가 다시 쌓아올리는 것도 성장이라고 말할 수 있을까요. 당신이 행복했으면 좋겠어요. 나를 사랑하는 동안 당신의 그 고운 마음이 집착으로 치부되는 일이 너무 부당하다고 느껴지지는 않았나요. 나는 가끔 그랬어요. 온전히 나에게 집중하는 시간 속에, 당신이 불쑥 내게로 깊이 들어오는 일이 때로는 어색하고 부자연스럽게 다

모두 안녕히

가오기도 했던 것 같아요.

그런 내게 당신은 늘 미안함을 느꼈지요. 자신이 부족해
서 내가 그렇게 생각하는 것일 거라고 자책을 일삼았지
요. 하지만 아니에요. 적지 않은 나이에도 계속해서 꿈을
좇고 있는 당신의 모습 속에서 나로서는 결코 스스로 얻
지 못했을 용기와 담대함을 배우기도 했으니까요. 정작
우리를 힘들게 했던 것은 반복된 다툼과 좌절 속에서 애
써 자신의 사랑을 증명해야만 했던 각자의 이기심이었던
것 같아요.

정말로 소중한 추억은 시간이 지나도 사라지지 않을까요?
소중한 추억이라고 해서 슬프지 않은 것은 아닌데, 그렇
다면 영영 우리 사이는 슬픈 그리움으로 남아야 할까요?
연애라는 건 정말 어려운 일인 것 같아요. 헤어지면 이렇
게 슬플 수 있는데, 만남을 이어가고 있을 때는 슬퍼도 슬
퍼해서는 안 되는 거잖아요. 사람을 만나다 가슴에 상처
를 입어도, 마음을 절고, 눈물을 삼키면서 그래도 다 이해

한다는 듯이 같이 걸어야 하는 게 연애잖아요. 헤어지기 전까지는.

마음에도
국경이라는 게 있는 것 같아

해변에 아무렇게나 앉아서는 파도 소리를 들었어요. 겨울 바람이 차가워서 너무 오래 머물지는 못할 것 같네요. 실은 우리가 헤어진 뒤로 내 삶이 조금 시시해진 것 같기도 해요. 당신은 어때요? 사랑하면서 외로웠던 순간과, 혼자서 쓸쓸함을 맞이하는 것 둘 중 무엇이 더 당신을 아프게 했을까요.

나는 아직 모르겠어요. 너무 사랑해서 미안하다는 말의 효용에 대해 말이에요. 너무 사랑하고, 그리고 미안해. 도대체 그 말이 다 무슨 소용이겠어요. 어쩌면 아무런 말도 하지 않으면 아무것도 전해지지 않을까 봐, 나조차도 알지

모두 안녕히

못하는 핑계를 대고 있는 건지도 모르겠어요. 너무 사랑해서, 너무 미안하다고. 너무 사랑하지만, 헤어지자고 했던 말의 의미를 나는 지금 새로이 번역해보는 중이에요.

서로를 지나치게 상처 입히는 사랑도 사랑이라고 말할 수 있을까요.
당신은 나를 사랑하기 위하여 얼마나 많은 당신을 잃어버렸나요.
이별했다고 해서 우리에게 영영
사랑받을 자격이 사라지는 것은 아닐 거예요.
당신이 온전히 당신으로 있을 때,
외롭지 않게 안아줄 수 있는 사랑으로 나아갔으면 좋겠어요.
누군가를 사랑하다가,
자기 자신이 물거품으로 흩어지는 일 같은 건
더는 하지 않기로 해요 우리.

아마도 나는 이 말을 하고 싶었던 것 같아요. 계속해서 나를 붙잡던 당신에게 기어코 차갑게 선을 그을 수밖에는 없었던 나를 용서해줘요. 아마도 마음에도 국경이란 게 있나 봐요. 한 번 선을 넘으면 다시는 함부로 돌아올 수가 없는 그런 경계가 있나 봐요. 나는 우리가 아직 가까이 있지만, 그 선을 넘었다고 생각해요. 마음의 국경 같은 거 말이에요.

나는 아직 모르겠어요,

너무 사랑해서 미안하다는 말의 효용에 대해 말이에요,

바다거북은 태어나자마자
어딘가를 향한다

1.

명인^{名人}이라는 말은 일생 동안 이어져온 자기 자신과의 기량 겨루기에서 결단코 지지 않았다는 확신이 들 때 수여되는 칭호다. 따라서 명인이란 다른 누군가를 능가하는 것이 아니라, 스스로와 숙명적으로 실력을 각축하는 자인 셈이다. 긴 시간 수없이 많은 반성과, 고뇌의 결과가 자신의 삶에 열렬히 반영되어 비로소 하나의 철학으로 굳어질 때, 비로소 빛나는 사람을 명인이라고 일컫는 것이다.

이로하는 초밥의 명인을 목표로 하고 있다. 그의 집안은 대대손손 초밥 명인의 길을 걷고 있으나, 아직까지 그는 자신이 그 자격에 충족되지 못함을 뉘우치는 중이다. 그는 올해로 초밥을 배운 지 30년이 되었다. 그의 스승이자

모두 안녕히

아버지는 일찍이 초밥 명인으로서 명성이 자자하였고 지금은 은퇴를 할 시기가 되어 이후에 자신은 어떤 삶을 살아야 할지를 고심하는 중이다. 이로하에게는 사랑하는 아내와 한 명의 아들이 있으나, 일찍이 아들은 초밥의 길을 잇지 않겠다고 선포를 해놓은 상황이다. 그는 아들이 초밥을 만들지 않는다고 고집을 부리는 이유를 자신이 명인으로서의 자격을 갖추지 못하여, 아들에게 좋은 본보기가 되지 못했기 때문이라고 믿고 있다.

"아름다운 맛이란 자고로 제철 식재료의 공수와 그 재료들을 다듬는 과정의 세심함, 끝으로 그것을 조리하는 순간의 숙련도에 달린 거라고."

"명심하겠습니다. 스승님."

"하지만 그러기 위해선 맛에 대한 애정이 있어야 해. 애정이 없으면 그 모진 수고를 절대로 견뎌낼 수가 없으니까 말이야. 아들아, 너는 왜 초밥을 만드는 일이 좋으니?"

"글쎄요. 좋아한다는 것에 이유를 찾으려고 보니 조금 고심하게 되네요."

"그걸 깨우치고 자신이 깨우친 것에 믿음을 지니는 사람
이 전문가란다."

이로하는 자신이 어렸을 적, 스승이자 아버지에게 자주
듣곤 했던 조언을 늘 가슴 한편에 간직한 채로 살아가고
있다. 하지만 그는 여간 요리에는 소질이라는 것이 없어
서, 아버지의 다른 제자들이 각자 자신의 실력을 쌓아 보
다 높은 기량을 뽐내는 것에 비해 훨씬 더디고 서툴렀다.

그는 경력이 20년 차가 될 때까지 가게 한쪽 구석에서 김
을 굽고 있었다. 가끔은 그런 자신을 가만히 지켜보기만
했던 아버지를 원망하기도 했지만 자기 스스로는 스승에
게 인정받고 싶다는 욕망과 함께, 아버지를 만족시켜드리
지 못하고 집안 대대로 이어져 내려오는 명인의 칭호에
혹여나 먹칠을 하게 될까 봐 늘 긴장한 채로 살아왔던 것
이다.

"금일 점심 예약 손님 명단입니다!"

　　　　　　　모두 안녕히

"오늘도 자리가 꽉 찼네요! 역시!

"이치요 스시 명성은 소문만이 아니니까 마음 단단히 먹으라고."

이른 아침이면 가게 마당에서 요리사들이 모여 오늘 준비해야 할 재료의 양과 종류를 꼼꼼히 확인한다. 거기에는 모든 스승님은 물론, 모든 제자들이 함께 참석한다. 오늘 하루도 한결같은 맛을 지키겠다는 일종의 의식인 셈이다. 제자들은 명인의 손길과 태도를 바라보면서 단순히 장사의 팁이나, 기술을 연마를 배우는 것으로 만족하지 않는다. 그들은 매일 고된 수련을 하고 있는 것이다. 자신의 분야에 있어 한 치의 타협도 없이, 늘 같은 마음으로 정진한다는 것은 인간으로서 지극히 무리한 일이 아닐 수가 없지만, 그들은 그 고독한 길을 걸어보기로 결정한 모양이다.

이치요いちよう. 보통이라는 뜻을 지닌 식당 이름의 의미는 몇 대를 이어져 내려온 명인의 가게 이름으로서는 여간

유별난 이름이기도 하다. 본래 그 이름은 초밥 가게다운 그럴듯한 작명에서 출발하였으나, 초대 명인인 집안 어르신께서 맛이라는 분야에 있어 우쭐하지 않고, 늘 그것을 한결같이 선사하고자 '보통의 맛'이라는 단어를 매일 아침, 붓으로 쓰고, 가게 입구에 걸어놓았던 것이 명성을 얻어 결국에는 이치요 초밥이 되었다는 후문이 전해져 내려오고 있다. 익히 들어온 이야기를 통해서 이로하는 일찍이 깨달은 것이다.

매일 아침 곱게 가다듬은 마음가짐은 어떠한 자격보다 내세울 만한 자부심이 된다고.

2.

"초밥은 간편하게 입안으로 삼킬 수 있지만, 그 순간을 위해서 최대한으로 세심한 수고를 쏟아야 한단다. 그래야만 기억하고 싶은 맛이 되는 거야."

"기억하고 싶은 맛이란 어떤 거예요?"

"맛이라 함은 다양한 음식의 빛깔, 윤택, 향기와 감촉에 이르기까지 우리가 느낄 수 있는 모든 감각을 총동원하여 느끼는 것이란다. 즐거운 맛은 소중한 추억이 되는 법이지!"

이로하의 아버지는 그렇게 말하고는, 윤기 나는 손끝으로 일순간 방어 초밥을 만들어서 그의 앞에 놓아두었다. 그것은 흰 쌀알, 초록빛 고추냉이, 뽀얀 방어회로 이루어진 평범한 초밥이었다. 이로하가 젓가락을 들려고 하자, 아버지는 웃으면서 손으로 한번 집어 먹어보라고 말했다. 이로하는 다소 의아한 표정으로 초밥을 손으로 집어 먹었다. 그 초밥이 입가에 가까이 다가오자, 향긋한 유자향이 맴돌았다. 음식을 씹기 전부터 기분이 좋아지는 맛, 그러면서도 입안으로 옮겨질 때까지 그 형태가 전혀 무너지지 않는 맛, 마침내 입안에 당도한 쌀알은 톡 하고 터지면서 기다렸다는 듯이 흩어졌고 그 놀라움이 채 가시기도 전에 생선살은 스르륵 어딘가로 스며들어버렸다.

그때 이로하의 눈매는 촉촉하게 빛났다. 그가 알지 못했던 우주가 초밥 하나의 작용으로 새롭게 탄생하고 있었던 것이다. 그에게 초밥은 무섭고 멀기만 했던 아버지와 자신을 연결해주는 중력과도 같았다.

"기억해두렴, 초밥을 쥔다는 건 한 줌의 행복을 선물하는 일 같은 거란다."

　　　　　　　　모두 안녕히

이로하는 그때부터 주방을 슬그머니 들여다보며, 어깨너머로 초밥을 배웠다. 하지만 제대로 된 요리 수업은 그가 성인이 된 이후에서야 받을 수가 있었다. 스승님은 엄격했다. 수십 년이 흘러, 이제는 그의 초밥도 명인이라는 타이틀에 연연하지 않는 한, 제법 그럴듯한 자태를 뽐내고 있었으나, 아직까지도 그는 스승님의 가르침을 필요로 하고 있는 모양새다. 오늘 조리할 식재료 준비를 마치고, 이로하가 잠시 집에 들르자 아내는 기다렸다는 듯이 입을 열었다.

"여보, 글쎄 유우가 우리 지역 사진전에서 상을 받는대요."
"유우는 아직도 그놈의 사진 타령이나 하고 있는 거야?"
"그러지 말고, 칭찬해줘요. 아직 어린 아이잖아요."
"아직 어린 나이니까 하는 말이야."
"……"
"그 무렵부터 어깨너머로 배우지 않으면 나중에는 더 어려워진다고."

아내와 이로하 사이에는 묘한 긴장감이 흘렀다. 아내는
아무런 대꾸도 않은 채로 한숨을 쉬었고 이로하 역시 답
답한 마음에 문을 획 닫으면서 집 밖으로 나서버리고 말
았다. 그의 집은 가게와 고작 몇 분 거리에 위치해 있어
서, 골목 어귀에서 다랑어 굽는 향기가 나는 것으로도 식
재료 준비가 차근차근 잘 진행되고 있음을 알 수 있을 정
도였다. 그는 후배 요리사가 가게 마당에 앉아, 은은한 볏
짚 위에 다랑어를 굽는 것을 보고 어렸을 때의 기억을 떠
올렸다.

"아버지, 추운데 왜 마당에서 생선을 구워요?"

"이렇게 굽는 게 가장 맛있기 때문이란다."

"이게 뭔데요?"

"볏짚이야. 비린내가 쉽게 가시지 않은 생선은 볏짚으로
익혀주면서 잡내를 잡아주는 거란다."

"그치만 아버지, 불이 꺼져 있어요!"

"이런, 이로하! 역시 눈썰미가 좋구나."

"제가 다시 불을 피울까요, 아버지?"

"아들아, 괜찮다. 때때로 놀라운 기적은 활활 타오르는 불꽃이 아니라, 식어가는 연기 속에서 일어나기도 하니까. 살아가다 보면 네 가슴 안에 한때 품었던 그 불꽃이 새까맣게 멎어버리는 순간도 있을 거란다. 감당하지 못할 자책 속에서 길을 잃었을 때에도, 잊어서는 안 되는 거야. 네 안에 여전히 남아 있는 그 온기로 삶은 한층 더 깊어질 수 있다는 걸 말이다."

이로하는 그때 아버지의 말을 정확하게 이해하지 못했다. 하지만 차츰차츰 배워가며 몸소 깨닫게 되었다. 비린내를 잡고, 타지 않을 정도로만 생선을 잘 굽기 위해서는 타오르는 불꽃이 아니라, 식어갈 때야 피어나는 훈연이 필요하다는 것을. 물론, 인생도 마찬가지다.

3.

"잘 먹겠습니다."

가게 안에는 어느새 일제히 맛을 음미하는 손님들의 미소
가 가득 들어찼다. 손질된 재료가 나오면, 마지막에 초밥
의 형태를 만들어내는 것은 명인의 몫이다. 그때 손님들
은 물론, 가게에 있는 제자들 역시 명인의 손끝에서 간결
하고 정교하게 이루어지는 움직임을 놓치지 않기 위해서,
눈을 휘둥그레 뜬 채로 집중한다.

시작은 광어, 쫄깃한 첫 식감과 깔끔한 뒷맛이 일품인 초
밥이다. 명인은 역시나 왼손으로 컵을 들고 있던 사람을
기억하여 각기 자신이 주로 사용하는 손으로 초밥을 쥘

　　　　　모두 안녕히

수 있도록 그에 알맞은 각도로 초밥을 놓아두었다.

"에에! 제가 왼손잡인 걸 어떻게 아셨어요?"

명인은 말없이 살짝 수줍은 미소만 띄울 뿐이었다. 비록, 수십 년간 초밥을 쥐었지만, 손님이 그 맛과 정성에 감탄 하는 모습을 보는 것은 언제나 가슴 뛰는 일일 것이다. 지 금 초밥을 쥐고 있는 저 요리사는 그저 최선을 다할 뿐이 다. 처음부터 마지막까지, 기억에 남을 만한 맛을 선사하 기 위해서 말이다.

쫄깃한 초밥의 식감을 느끼고 난 뒤로는, 제법 기름기가 있는 초밥이 등장할 차례다. 오늘은 자칫 입안에 남아 있 을 기름기를 담백하게 넘겨주기 위해서, 모시조개로 우려 낸 맑은 국물이 사이드로 나왔다.

"이 우니는 진짜 놀라는 맛이야."
"평범한 군칸마키인데 어떻게 이런 맛이 나는 걸까?"

"신선도 때문이려나?"

손님들은 함께 온 지인과 소감을 나누거나, 스스로 작게 혼잣말을 하면서 그 맛의 비밀을 추리해나간다. 주방 한 쪽에서 그 모습을 지켜보고 있는 건 언제나 이로하에게 설렘 가득한 일이었다. 그는 접시를 정리하기 위해 손님 에게로 다가가서 슬쩍 그 맛의 비밀을 알려주었다.

"실은 우니의 바다 향을 잘 잡아주는 건, 잘 구운 김이지 요. 저희 집은 여전히 숯불로 김을 구워냅니다. 살짝 털어 내듯이 불 위에서 김을 양쪽으로 부지런히 잘 구워내면 윤기도 돌고 더욱 깊은 향을 머금지요. 특히, 그렇게 구워 낸 김은 입안에서 빠르게 녹기 때문에 더 부드러운 식감 까지 느낄 수가 있답니다."

그 말을 들은 손님들은 일제히 탄성을 자아냈다. 실은 맛 이란 것은 잠깐 입가에 머물고 사라지는 것이나, 그 순간 을 위해 필요한 수많은 과정을 통해서 비로소 절정으로

모두 안녕히

치닫는다. 사람들은 흔히들 초밥을 쥐는 것은 순간의 미학이라고 느끼지만, 진정한 명인은 그 잠깐을 위하여 단 하나의 과정도 게을리 행하지 않는다. 그래야만 누군가를 놀라게 하는 한 줌의 행복을 선사할 수가 있기 때문이다.

3초, 초밥을 쥐는 데 들이는 평균적인 시간. 그러나 재미난 것은 똑같은 재료를 가지고 똑같은 방법으로 초밥을 만든다고 해도, 그 맛이 다르게 느껴진다는 것이다. 그것은 단순히 받아들이는 이의 기분 탓일까, 혹은 명인의 손끝에서만 우러나는 남다른 무엇이 있기 때문일까.

이로하는 이제, 아버지의 기술과 자신의 기술에서 큰 차이를 발견해내지 못하지만 그럼에도 여간 그 맛을 쫓아가지 못하고 있다. 손바닥 위에 검지와 중지의 적당한 압력으로 잠시 그 형태를 유지하고 있는 불안전한 음식, 그러나 그 안 어딘가에는 누구도 밝혀내지 못하는 이상적인 맛의 비결이 숨겨져 있다.

4.

"아들아, 무엇이 보이니?"

"하늘, 지붕, 날아가는 새들이요."

어린 시절의 이로하의 아버지는 아들에게 자주 목말을 태
워주며 묻고는 했다.

"자 이제는 무엇이 보이니?"

"벽, 뜰아래의 잡초, 아버지의 발이요."

"왜 다른 것이 보일까? 이것들은 조금 전에도 그대로 여기
에 있었는데 말이야."

"왜 그런 거예요, 아버지?"

"어떤 위치에서 어떤 각도로 사물을 바라보느냐에 따라서
풍경은 달라지기 때문이란다."

모두 안녕히

이로하는 사시미로 알맞게 생선을 썰어낼 때, 늘 그 기억을 떠올린다. 각도에 따라 풍경이 달라지듯이, 생선살과 마주하는 칼날의 위치와 각도에 따라 그 맛 또한 달라지기 때문이다. 그는 자신이 보여주고 싶은 경치를 떠올리면서 음식을 만든다. 그것은 언젠가 자신의 아이에게도 물려주고픈 풍경인 셈이다.

"안녕히 다녀오셨어요."

"자, 다들 기다렸지?"

오늘 이로하의 가족은 모처럼 그가 만든 초밥으로 저녁식사를 했다. 그는 자신이 만든 음식을 사랑스럽게 먹는 아내를 보고 있을 때, 자신이 걸어온 그 쓸쓸하고 무거운 걸음들이 의미를 지닌다고 느끼곤 했다.

"역시나, 일품이야!"

"유우, 너도 언젠가는 할아버지처럼 훌륭한 초밥 명인이 되는 거다."

"나는 그냥 할아버지랑 아빠가 만들어준 초밥을 먹는 것만으로 만족해."

유우는 늘, 자신을 초밥의 길로 이끌어가려는 아빠의 모습이 못마땅한 표정이다. 아내는 혹여나 이로하가 상심할 까 봐 천천히 그의 손등을 어루만졌다.

"유우는 좋은 아이예요."

"그러니까 하는 말이야."

"좋은 아이는 자기 삶을 스스로 결정할 줄도 알아요."

아내의 말을 듣고서 이로하는 먼저 자리에서 일어나 안 방으로 걸음을 옮겼다. 유우는 조용히 접시들을 부엌으 로 옮긴 뒤에, 마당으로 나갔다. 유난히 달빛이 밝은 날이 었다. 그 모습을 본 유우는 달 사진을 찍고 싶어져서 얼른 카메라를 가지러 뛰어갔으나 그만 문지방에 걸려 크게 넘 어지고 말았다.

"유우, 괜찮니?"

"아야야, 조금 욱신거리지만 그래도 괜찮을 거예요!"

"무엇 때문에 그리 급하니, 천천히 하렴."

"달 사진을 찍어야 되거든요!"

"달은 매일 떠 있으니까 그리 서두르지 않아도 돼."

모두 안녕히

"이렇게 밝은 달은, 자주 오지 않으니까요!"

"유우는 밝은 것이 좋니?"

"네. 반짝이는 것을 보면 사진이 찍고 싶어져요."

5.

최근 들어 이로하에게 고민거리가 있다면, 아버지의 체력이 은퇴시기에 가까워졌다는 것이고 자신의 아들이 도통 초밥에는 관심이 없다는 것이다. 앞으로 어떤 식으로 가게를 운영해 나아갈 것인지 고민하고 있으니, 초밥을 쥘 때 너무 힘이 들어가서 밥알에 조금 더 단단하게 말아지기도 했다.

이로하의 아버지는 매달 마지막 주 수요일, 제자들과 함께 일종의 품평회 같은 것을 한다. 그날은 가게 입구에 금일 휴업 팻말을 걸어두는 몇 안 되는 날이다. 요즘은 초밥 명장인 아버지를 포함하여 올해로 30년 차 경력의 이로하와 2년 차, 7년 차, 15년 차의 제자들이 함께 이치요 스

모두 안녕히

시에 몸담고 있다. 오늘은 각자 한 가지씩 자신만의 초밥을 선보이고, 앞으로 코스 요리 구성에 대한 생각을 나누기도 하는 자리다.

10년이 넘어서는 시점에서 보통 제자들은 자신만의 초밥을 추구하기 위하여 출가를 선언하는 경우가 잦았다. 초밥 명장은 흔쾌히 그 선언에 박수를 쳐주기도 하였고, 때때로 아직은 무리라고 목소리를 높이기도 했다. 이로하는 그 모습을 쭉 지켜보면서 독립을 한다는 것은 단순히 초밥을 쥐는 실력만의 문제가 아니라, 가게를 운영해나가는 철학과도 깊게 연관이 있기 때문에 그것이 말처럼 간단한 일만은 아니라는 생각을 하곤 했다.

제자들은 제법 엄숙한 분위기 속에서 각자의 초밥을 만들었다. 그 과정에서 누구도 감히 여유를 보이지 않았다. 심지어는 자리에 앉아 그 모습을 보고 있는 명장의 눈매에도 진지함이 묻어 있었다. 첫 번째 초밥은 막내가 만든 장어초밥이다. 조금 크다는 느낌이 들었지만 자르지 않고

통째로 내어둔 대담함이 돋보였다. 초밥 명장은 한입 크게 초밥을 먹은 뒤에 지긋이 막내 요리사의 눈을 바라보며 웃었다.

"나날이 실력이 느는 것 같구나."

"감사합니다. 스승님."

"하지만 크다고 해서 맛의 포만감이 완성되는 것은 아니지. 밥알도, 소스의 양도 조금 더 잘 조절하는 것이 중요하겠어."

"아…… 명심하겠습니다, 스승님!"

막내는 따끔한 충고를 들었지만, 이로하는 그런 막내의 모습에서 내심 대견함을 느꼈다. 어찌됐든 스승님께 자신의 초밥을 자신감 있게 선보인 당당함에 큰 박수를 보내고 싶었던 것이다. 그는 언젠가 정말로 훌륭한 초밥 요리사가 될 것이다. 다음으로는 보다 숙련된 제자들의 다랑어 초밥이 이어져 나왔다. 적당한 지방이 들어 있어 쫀쫀한 식감과 담백함을 자랑하는 중뱃살, 그리고 다소 지방이 많지만 화려한 마블링과 함께 그만큼이나 부드러운 식감을 자랑하는 대뱃살 초밥이었다.

"맥주 한 잔만 부탁하네."

일순간 제자들은 바짝 긴장하여 그 목소리에 집중하였다.

"스승님 혹시 지방이 조금 과한 느낌이란 말씀이십니까?"

방금 초밥을 만든 두 명의 제자가 다소 당황한 표정으로 스승님께 되물었다.

"아니, 그냥 맥주가 한잔 마시고 싶다는 말이네. 기분이 좋으니까."

"아, 네! 여기 있습니다, 스승님."

"재료 손질이 아주 잘됐어. 뭐랄까, 오늘 침대에 누웠을 때, 머릿속으로 그 맛을 한 번 더 음미하고 싶은 기분이야."

스승님의 칭찬에 두 제자들은 양손을 모은 채로 기뻐하였다. 이제 드디어 이로하의 차례가 왔다. 그는 입술도 바짝 마르고 여간 긴장되는 마음을 감출 수가 없어서, 크게 숨을 들이마시고 내쉬기를 반복했다. 오늘이야 말로, 명인의 감탄을 자아내겠다고 다짐하면서.

6.

이로하는 떨리는 손으로 사시미를 들었다. 그리곤 덩달아 긴장한 기색이 역력한 제자들의 모습과 무거운 공기로 내려앉은 가게 안의 고요함을 바라보면서, 씨익 미소를 지었다. 그때 그는 아버지가 제법 맞이하기 어려운 손님에게 초밥을 만들어주는 장면이 떠올랐다.

"아니, 이게 뭐라고 몇 날 며칠을 기다려서 먹는다는 거야?"

"사람들이 하도 칭찬이 자자하니까 일단 한번 먹어보고 싶은 마음이려나?"

"오래되고 비좁아서 음식을 즐기기에는 꽤나 제한적인 요소가 많아."

모두 안녕히

"아무래도 그렇지? 사업 수완이 좋은 것 같지는 않아. 조금 더 가게를 키우면 손님이 이렇게까지 기다리지 않아도 되고 가게 입장에서도 더 이윤이 남을 텐데 말이야."

하루는 유명 잡지사에서 음식에 관한 칼럼을 쓰는 기자 두 분이 찾아왔는데, 여간 까다로운 손님이었던 것이다. 그들은 식사를 위해 테이블을 준비하는 막내 종업원에게 명함을 꺼내 보여주면서 괜스레 너스레를 부리기도 했다.

"잡지사에서 왔습니다. 여기 음식으로 기사를 좀 써도 되겠습니까?"
"아…… 그러시군요! 잘 부탁드리겠습니다!"
"아니, 아니. 부탁은 우리가 해야지. 요즘은 워낙에 소문으로만 부풀려진 맛이 많아서 말이죠."

초밥 명인은 그 모습을 흥미롭다는 듯이 바라보면서, 기자들을 보고 씨익 웃어 보였다. 이로하는 그 미소를 바라보면서, 온화하면서도 당당한 장인의 멋에 압도당하고 말았던 것이다. 이윽고 기자들 앞에는 명인의 초밥이 놓여졌다.

"겉보기에는 평범한걸요?"
"정말 그렇군. 잘 만들어진 초밥이지만, 그 이상 그 이하도 아니야. 요즘은 특별한 구석을 지니지 않고서야 제 아무리 명장의 음식이라 해도, 따분하게 느껴지곤 하니까."
"우선 한번 먹어보시죠."

이로하는 기자들의 대화를 엿들으면서 이치요 스시에 인생을 걸어온 한 명의 일원으로서 약간의 수치심과 함께 분함을 느끼기도 했다. 하지만, 어째서인지 그 두 사람은 초밥을 먹기 시작한 뒤로는 아무런 말도 하지 않았다. 그들 앞에 마지막 초밥이 놓이고 그릇이 다 비워질 때까지, 그들은 더는 어떠한 말도 내뱉지 않았던 것이다. 그 모습을 보고 이로하는 의아한 마음이 들었다. 그렇게나 맛을 느끼는 것에 있어 자부심을 느끼던 사람들이 어찌하여 아무런 시식평이나 감상도 꺼내놓지 않는 것인지 말이다.

모두 안녕히

음식 가격을 계산하고 걸음을 옮기던 기자들은 계산대로
나온 초밥의 명인에게 고개를 깍듯이 숙이며 감사하다는
말을 남기고 돌아갔다.

"아버지 기자들의 태도가 왜 갑자기 바뀌었을까요?"
"그러게나 말이다. 나는 그저 여느 때와 같이 초밥을 쥐었
을 뿐인데. 허허."

아마도 기자들은 명인의 맛을 경험해보고 자신들의 입이
얼마나 경솔하였는지 새삼 느꼈을 것이다. 이렇듯 미각이
란, 단순히 음식의 맛만 느끼는 것이 아니라 스스로가 내
뱉은 언행까지 돌아보게 한다. 그리하여 건강한 음식을
즐긴다는 것은, 삶에 대한 반성을 바탕으로 몸과 정신을
더욱 이롭게 하는 행위인 셈이다.

이로하는 오늘에서야 진정, 그들의 침묵을 이해할 수 있
을 것 같았다. 이 무거운 분위기, 딱딱한 긴장과 자신에
대한 의구심을 돌파할 수 있는 것은 오직, 자신의 손에 쥐

어진 그 작은 무게의 맛을 믿는 것 이외에는 방법이 없는 것이다.

때때로 맛있는 음식을 먹는 일이란, 사람 마음에 깃든 긴장과 불평들을 잠재우는 데 탁월한 행동이 되기도 한다. 그런 의미에서 훌륭한 맛이란, 작은 자유를 선사하는 것과도 같다. 자신을 둘러싼 수많은 복잡한 감각들로부터 벗어나, 오직 '맛있다!' 라고 하는 쾌락의 영역 속에 머물게 하는 것. 따라서 명장의 맛이란 손끝의 기술이 아니라, 먹는 이의 고단함을 치유하고자 하는 인간애人間愛로부터 출발하는 것이다.

모두 안녕히

7.

"방어 뱃살이야."

"의외네요. 좋은 부위이긴 하지만, 조금 더 뛰어난 재료도 많을 텐데."

"이 바보야. 우리 가게에 뛰어나지 않은 재료는 없어. 조용히 하고 지켜보라구."

이로하가 만드는 초밥을 보면서 후배 요리사들이 작게 속삭였다.

그리고 마침내 이로하는 직접 그의 스승 앞에, 초밥 한 접시를 내려놓았다. 오늘따라 주방에서 테이블까지의 거리는 유독 멀게 느껴졌고, 그 무게가 유난히 무겁게 다가왔다. 스승님 앞에 서서 조심스레 그릇을 바닥으로 내려놓을 때까지의 시간이 마치, 그가 처음 칼을 집어 들었을 때부터 오늘날까지의 시간을 합쳐놓은 것처럼 고독하게 느껴졌다. 스승은 망설이지 않고 그 초밥을 얼른 집어먹었다. 뒤이어 그 맛을 음미하면서 거의 들리지 않을 정도로 절제된 감탄사가 고요한 공기를 스치고 지나갔다.

'지금까지의 시간은 결코 헛되지 않았어.'

이로하는 그제야 모든 긴장이 풀리는 듯한 기분을 느꼈다. 하지만 스승의 입에서 흘러나온 한마디는 모두의 예상을 벗어난 것이었다.

"이로하, 지금부터 당분간은 초밥을 만들지 말거라."
그 말이 끝나자마자 거기에 있던 모든 이의 눈빛은 흔들렸다. 그는 씁쓸한 좌절감에 젖은 채로 작게 고개를 끄덕였다. 하지만 결단코 의심하지 않았던 것이다. 그에게 스승이란 절대적인 존재였음으로, 그가 그런 말을 하는 데에는 마땅히 그 이유가 있다고 생각했을 뿐이다. 이후 사

모두 안녕히

람들은 가게를 운영하는 데 있어 도움이 될 만한 의견들을 나누기 위해 스승님 근처에 둘러앉았다.

하지만 다소 긴 침묵이 흘렀다. 아무래도 이로하에게 당분간 초밥을 금한 스승의 발언이 다른 이들의 마음에도 큰 충격으로 작용했던 모양이었다. 하지만 그때 적막을 깬 것은 막내 요리사의 벨소리였다.

"아차, 죄송합니다!"

"허허허, 그 음악은 뭔가?"

막내 요리사는 쑥스러운 표정을 지으며 스승의 물음에 답했다.

"좋아하는 영화에 나온 음악입니다!"

"어라! 나도 이 영화 본 적이 있지, 꽤나 오래된 영화 아닌가? 아무래도 자네 세대는 아닐 텐데!"

다른 제자들도 그 음악에 제법 호응하기 시작했다.

"네. 제가 태어나기도 전에 나온 영화지만, 이상하게 마음이 평온해져서 즐겨 듣고 있습니다. 하하."

"혹시, 이거 '바다가 들린다' 아닌가?"

"오! 선배님도 아시는군요!"

"어렸을 적에 자주 들었지 특히 이른 새벽에 수산시장에서 물건을 확인하고, 돌아오는 길에 자전거를 타면서 듣곤 했었는데 아아, 내가 딱 자네만 한 나이였던 것 같아."

막내의 말을 가만히 듣고 있던 이로하도 그 음악으로 인해 젊은 시절의 향수를 떠올렸다. 그리고 이어지는 스승님의 한 마디에 제자들은 다시 한 차례 크게 놀라고 말았다.

"우리 가게에도 이런 음악이 조용히 흘러나온다면 좋을 것 같은데 자네들 생각은 어떤가?"

"에에? 스승님, 저희 가게는 음악 없이 조용히 음식을 대접하는 게 전통이 아니었나요?"

"이 사람이, 그게 무슨 전통인가. 그저 마땅히 음악에 대한 필요성을 찾을 수 없었던 것뿐이지."

"하지만, 사람들이 좋게 받아들여 줄까요?"

"시대라는 건 변하기 마련이지 않은가. 하지만, 좋은 음악과 맛있는 음식, 그리고 빼어난 술은 결코 사람들을 실망시킨 적이 없지. 그 말인즉, 음악이라는 것도 사람들의 삶

모두 안녕히

에 없어서는 안 될 요소인거야."

다수결을 통해서 만장일치로 음악에 대한 안건이 통과되어, 다음 주부터는, 매장에서 오래된 영화의 사운드트랙이 흘러나오게 되었다. 모두가 그 사실에 기뻐하였다. 그 웃음 속에서 이로하는 새삼 깨닫고 있었다.

세상에는 아름다운 순응과, 변화도 있다는 사실을. 사람들의 일상에서 도태되지 않고, 그들의 삶 속에서 깊이 있는 맛을 선사하려면 새로운 시도도 마땅히 할 수 있어야 한다는 것을. 또한 그것이 결코 전통에 대한 기만이 아니라, 지금까지 모두가 지켜온 시간을 더욱 가치 있게 만들기 위한 의미 있는 도전이라는 것을.

8.

"당신 정말 유우 시상식에 안 갈 거예요?"

"아들이 아버지의 가업을 잇지 않겠다고 선언하는 꼴을
직접 보러 가라는 거야?"

"그 말이 아니잖아요."

이로하와 아내가 실랑이를 벌이고 있을 때, 때마침 유우
는 방에서 나와 또 밤하늘을 바라보았다.

"오늘은 달이 안 보여……"

"유우 오늘은 학교에서 뭐했어?"

"진로 특강이 있어서, 경찰관 아저씨가 학교에 왔어요."

"에에! 재밌었겠구나!"

"네 뭐, 그렇지만 전 그쪽으론 별로 관심이 없어서 조금
따분한 생각도 들었어요."

모두 안녕히

"벌써부터 너무 일찍 생각을 정해버리는 거 아니니?"

"엄마, 요즘 애들은 초등학교 때 이미, 자기가 꿈꾸는 직업 같은 걸 다 정해야 해요."

"왜?"

"사람들이 자꾸만 어떤 사람이 되고 싶은지가 아니라, 무슨 일을 하는 사람이 되고 싶은지 물어보거든요."

"……"

"하지만 전 아직 애라서 그런지 아무 일도 하기 싫어요. 그냥 좋아하는 걸 하고 싶어요."

"그렇구나. 아이고 우리 아들, 벌써 다 컸네! 오랜만에 우리 키 재볼까!"

유우는 일 년 전 같은 자리에 서있던 자기 자신보다 무려 오 센티나 자라 있었다. 그 모습을 보고 두 부모는 기쁨과 동시에 아이가 벌써 훌쩍 커버린 것 같은 아쉬운 마음도 느끼고 있었다.

"아빠는 요즘 왜 초밥 안 만들어와?"

"글쎄다 아빠도 요즘 그걸 고민하고 있어. 혹시 유우가 만들게 된다면 아빠도 다시 가능할 수 있으려나."

"나는 초밥은 그냥 먹는 걸로 좋아. 사진 찍는 게 좋은 걸!"

이로하는 그 말에 애써 대꾸를 하지 않았다. 하지만 멍하니, 집에만 앉아서 자신은 왜 초밥을 만들지 못하게 되었는지 고심하고 있으니 여간 허전한 기분이 들어서 무엇이라도 해야 할 것만 같은 기분이 들었다.

"오늘은 아빠가 만든 초밥 말고, 전설의 황금 초밥을 가져오지!"

"에에! 황금 초밥!"

아내와 아들은 동시에 휘둥그레 눈을 뜬 채로 이로하를 바라보았다. 그는 산책도 할 겸 집 밖으로 걸음을 옮겼고, 계속 같은 고민 속에서 답을 찾지 못한 채 방황하고 있었다. 이윽고 그는 하릴없이 동네 이곳저곳을 걷다가 오랫동안 같은 자리에서 장사를 하고 있는 붕어빵 아주머니를 발견하고는 씨익 웃었다.

"아주머니 열 마리 주세요!"

"아하 오랜만이군요."

"네. 아주머니 잘 지내시죠?"

"그럼! 아버님 심부름인가?"

"아! 아니요 아내랑 아들 주려고요."

"아하, 아버님도 매번 비슷한 시간에 들르셔서 그런가 했네요."

"아버지가요?"

"네. 웃기지요. 초밥의 명인도 슬슬 추워지는 시기에 먹는 붕어빵 맛은 거역할 수 없다는 게 말예요."

"아주머니 솜씨 때문이에요. 감사합니다! 감기 조심하세요!"

그는 괜스레 밤공기가 좋아서 양손 가득 따뜻한 붕어빵 봉지를 들고 먼 길을 둘러 집으로 향했다. 그러다 집 앞 골목 어귀에서 붕어빵 봉지를 들고 집으로 돌아오는 아버지와 마주치고 말았던 것이다.

"아버지! 제가 두 봉지나 샀어요!"

"그게 뭐 어쨌다는 거냐. 이건 내 거야."

"아아…… 네."

짧은 대화를 끝으로 이로하는 아버지와 함께 말없이 터벅터벅 집으로 돌아왔다. 대문을 열자, 사랑스러운 아내와 유우의 목소리가 들려왔고, 아버지와 이로하도 싱그러운 미소로 그들의 음성에 화답했다.

"뭐야! 황금 초밥이 아니라, 그냥 붕어빵이잖아!"

"어머, 당신도 이런 농담을 할 줄 알았어요?"

"황금이 아니면 어때, 그건 어차피 먹지도 못하는걸!"

유우는 그렇게 말하면서 냉큼 붕어빵을 먹어치워 버렸고, 시시콜콜한 농담과 맑은 웃음이 담벼락을 넘어 새까만 밤 속에서 무르익어갔다. 가족은 다 함께 하늘의 별을 바라보았다. 어둠 속에서 반짝이고 있는 빛을 따라서, 그들은 각자의 추억과 소망을 가슴 속에 담아두고 있었던 것이다. 날이 제법 쌀쌀해지자, 아내와 유우는 집 안으로 들어갔지만, 이로하와 그의 아버지는 여전히 마당 한편에 앉아서 공연히 어둠 속을 헤집어보고 있었다.

모두 안녕히

9.

먼저 침묵을 한 걸음 앞지른 것은 아버지였다.

"아들아, 내가 왜 너에게 당분간 초밥을 만들지 말라고 했는지 알고 있니?"

"글쎄요. 하지만 마흔이 넘어서야 깨닫게 된지도 모르겠습니다. 저는 초밥에 그리 재능이 없다는 걸 말이에요."

"네가 생각하는 재능이 무엇이길래?"

"맛에 대한 표현력과 집중력이라고나 할까요. 저는 맛을 표현해내는 감각이 그리 탁월한 것 같지는 않아요. 도저히 아버지를 뛰어넘을 자신 같은 건 없어요."

"전문가가 된다는 건, 다른 누군가를 뛰어넘는 일과는 다른 개념이란다."

"······."

"아들아, 맛있는 음식을 먹는다는 건 어떤 거라고 생각하니?"

"행복을 머금는 일이라고 생각합니다."

"그렇지. 사람들이 맛에 대해서 하는 행동들은 정말이지 순수한 욕망에서 비롯된 것은 아닐까. 맛을 표현하는 데 있어 새로운 시도를 하고, 그것을 주변 사람과 나누고, 함께 추억을 공유하는 그 과정들은 단순히 허기만 해소해주는 게 아닌 거지. 어쩌면 음식 하나하나에는 삶의 고단함을 치유하는 힘이 깃들어 있는지도 몰라. 결국에 함께 밥을 먹는다는 것은 사람에게 필연적으로 찾아오는 마음의 공허함을 채워주기 위함이라는 생각이 드는구나."

이로하는 아버지의 말씀을 듣고서 아직 자신은 많은 반성과 수행이 필요하다는 생각을 했다.

"저는 늘, 아버지를 동경해왔어요."

"사실 나는 네가 우리 가업을 잇는 일보다, 본디 네가 하고 싶은 무언가를 찾기를 바랐단다."

"그게 무슨 말씀이세요. 저는……"

모두 안녕히

이로하의 눈가에서 이내 눈물이 글썽였다.

"사람들은 나를 보고 초밥의 명인이라고 하는데, 그런 수식어가 다 무슨 소용이냐. 나는 너에게 좋은 아버지였나 고심해보면 나는 그저 내 꿈에 취해서 자기 자신밖에 모르던 무정한 아버지였다고 밖에 답을 할 수 없구나. 네가 태어나던 날, 나는 그날도 여전히 일에만 몰두하고 있었던 거지. 나는 몰랐던 거야. 그날이 내가 아내의 따뜻한 손을 잡을 수 있는 마지막 날이었다는 걸. 네가 첫 울음을 터뜨릴 때, 나는 네 곁에 없었고, 아내가 마지막 숨을 거둘 때에 내가 닦아주었던 건 그 사람의 눈물이 아니라, 차가운 접시들이었지.

그렇게 뼈아픈 후회 속에서 나는 어쩔 수 없이 이 길을 달릴 수밖에 없었단다. 내가 기어코 최고가 되지 않으면 아내에게 여간 면목이 없으니까. 며칠 전에 네가 만든 초밥은 나에게 그런 향수를 느끼게 해주는 맛이었던 거야. 그것은 단연 최고의 맛이었다. 하지만, 문득 네가 나처럼 너무 멀리와 버려서 돌아갈 수 없기 때문에 이 길을 걷고 있는 건 아닐까 하는 의문이 들기도 했지. 아들아, 진로라는 건 언제든 바뀔 수 있는 거란다. 이런 아비의 자식으로 태어나 네가 초밥의 길을 걷게 되었다는 건 알지만 나는 네가 이제라도 너의 삶을 살기를 바랐던 거야."

이로하는 아버지의 손을 따뜻하게 감싸주었다. 오랜 시간 동안 주름진 얼굴과는 다르게 그 손에서는 여전히 탄력과 부드러움이 느껴졌다. 동시에 그 촉감 속에서 그는 장엄하고 거대해 보이기만 했던 스승이 아니라, 외롭고 고독한 한 명의 인간에 대해서 새로이 깨닫게 되었던 것이다.

아버지는 동이 틀 무렵에 마당 한 쪽에 쭈그려 앉아서는 묵묵히 평소 사용하던 칼들을 갈았다. 아버지의 뒷모습과 숫돌을 스쳐 지나는 칼의 마찰음을 들으면서 이로하는 그것이 처음으로 마주한 아버지의 울음이라고 생각했다. 어쩌면 아버지는 그렇게 눈물이 나오려 할 때마다 무뎌진 마음을 칼에 빗대어 울었는지도 모르겠다.

10.

이로하는 평소처럼 수산시장으로 가서, 그날 요리에 필요한 재료들을 살펴보았다. 가게로 돌아와서는 며칠 전, 숙성시켜두었던 재료들을 꺼내어 조금씩 그 맛을 음미해보았다. 지난 시간을 묵묵히 품고 있는 움푹 꺼진 도마와 손에 익은 식기류들을 알맞은 자리에 가져다 놓고서, 손님을 맞이할 준비를 했다. 그 모습을 바라보던 다른 제자들도 어떠한 이견 없이 일사불란하게 움직이며 각자 맡은 바의 자리에서 최선을 다하였다.

"오늘 드디어 레코드를 틀 준비가 되었네요!"

"그치, 반응이 좋아야 할 텐데 말이야. 이 앨범 LP로 구하느라 한참 고생했다니까."

"자자, 손님들에게 일부러 바뀐 부분에 대해서 언질을 해서는 안 돼. 자연스러워야 한다고."

"네!"

이로하와 다른 요리사들은 오래된 턴테이블 위로 음반을 놓고 조심스레 음악을 재생해보았다. 바늘과 음반이 닿자, 아주 기분 좋은 소리들이 고요한 가게 곳곳으로 스며들었다. 이치요 스시에는 새로운 역사가 쓰이고 있는 것이다.

"지금 울려 퍼지고 있는 이 음악 제목이 뭐였지?"

"'어느 비개인 날'이라는 곡이야."

이로하는 생긋 웃으며 자기도 모르는 사이에 초밥을 만들고 있었다. 바로 그때, 초밥의 명인은 가게 문을 열었고, 제자들은 요리를 하고 있는 이로하가 혹여나 스승의 심기를 불편하게 만들지는 않을까 바짝 긴장을 했다.

"그게 네 결정이냐."

"네 스승님. 저는 이 일이 즐겁습니다."

"그렇다면 더 이상, 말리지 않으마. 하지만 기억해두렴. 모든 재료에는 각자 알맞은 신선도가 있는 것처럼, 네 삶에 있어 정말 소중한 순간들은 빠르게 지나가버린단다."

모두 안녕히

그때 이로하의 가슴속에 떠오른 것은 가족이라는 이름이었다. 그는 결심했다. 초밥의 명인이라는 목표를 추구하듯이, 사랑스러운 남편, 좋은 아버지가 되는 일 또한 결코 게을리하지 않겠다고. 이로하는 스승과 동료들에게 양해를 구하고 유우의 시상식이 진행될 예정인 장소로 뛰어갔다.

아내와 아들에게로 달리면서 이로하는 스스로가 참 미련했다는 생각이 들었다. 많은 이들에게 초밥의 명인으로서 최고의 맛을 전해주려 오랜 시간 갖은 노력과 수련을 해왔지만, 정작 자신이 사랑하는 사람들에게 그는 그저 바쁜 남편, 무뚝뚝한 아버지가 아니었을까 하는 생각이 들어서였다.

사진전이 한창 진행되고 있는 갤러리에서 이로하는 숨을 헐떡이며 유우의 모습을 찾으려고 애썼다. 하지만 그때도 그는 미처 모르고 있었던 것이다. 그는 앞치마도 풀지 못했을 정도로 다급한 행색이었다는 것을. 이윽고 그가 여러 벽을 지나 언뜻 고개를 돌렸을 때, 운명처럼 그곳에는 익숙한 장면의 흑백 사진 한 장이 걸려있었다. 그것은 다름 아닌, 초밥을 만들고 있는 누군가의 손이었다. 조금씩 그 사진 앞으로 걸음을 옮기자, 유우의 목소리가 들리기 시작했고 마침내 이로하는 깨닫게 된 것이다. 그 손은 바로 자신의 것이었다는 걸.

모두 안녕히

11.

유우는 자신이 찍은 사진에 대한 질의응답 시간을 가지고
있었다.

"누구의 손인가요?"

"이것은 우리 아버지의 손입니다."

"선이 참 고운 손인 것 같아요. 왜 아버지의 사진을 찍게
되었나요."

"아버지의 손을 처음 보았을 때, 그것을 사진으로 찍고 오
래오래 간직하고 싶은 마음이 들었기 때문이에요."

"왜요? 장인의 손이기 때문이었나요?"

"빛이 났거든요. 오래오래 그 빛을 담아두고 싶었어요."

그 말을 듣고 이로하는 그만 눈시울이 붉어졌다. 울먹이는 이로하에게 때마침 아내는 곁으로 다가와 떨리는 손을 꼬옥 붙잡아주었다. 인터뷰가 끝나자, 유우는 아버지와 어머니의 모습을 발견했다. 그리곤 목에 걸려 있던 카메라로 다시금 두 사람의 모습을 담아내었다. 아버지의 얼굴에서 반짝이는 빛이 일렁이고 있었기 때문이다. 그날 유우가 담아낸 것은 성공한 사업가나, 유명한 명인의 모습은 아니었다.

다만, 그것은 언제까지나 그리울 소중한 사람의 반짝이는 미소였다.

모두 안녕히

"아들아, 맛있는 음식을 먹는다는 건 어떤 거라고 생각하니?"
"행복을 머금는 일이라고 생각합니다."

소설가 K의
일상

여기에 등장하는 K는 허구의 인물이며
실제로 소설을 쓰는 K가 있다고 하더라도
이 이야기는 그와 아무런 관련이 없음. 진짜임.

1.

"K야 이제 진득한 소설 한 번 쓸 때가 되지 않았니?"

"선생님, 지금도 진지하게 쓰고 있는걸요."

"그러니까 하는 말이잖니, 조금 더 문학적으로 가치가 있
는 글을 써보면 어떨까 하는 생각이 들어서 그래."

"아아, 선생님 의견이 그러시다면, 깊이 고심해보겠습니
다."

어제는 스승님께 전화가 와서 문학적으로 가치가 있는 글
을 써볼 것을 권유받았다. 하지만 나는 그것이 무엇인지
잘 모른다. 그냥 그 상황을 회피하려고 일단은 깊이 고심
해보겠다고 답했을 뿐이다. 나는 선생님의 말씀으로 인해
내 안에서 묘한 의구심들이 솟아나는 것을 느낄 수 있었

모두 안녕히

다. 나는 무엇을 위해, 수많은 새벽에 뜬눈으로 글을 쓰는 것일까.

처음 글을 쓰게 된 계기에 대해서 말하자면 가슴 한편에 파고드는 시원한 박하향 때문이라고 말해야 할 것이다. 스승님의 작품을 읽다가, 나는 그만 눈물이 났다. 슬프거나 아파서가 아니라, 가슴이 너무 벅차올라서 어쩔 수 없이 쏟아지는 눈물을 막을 수 없었던 것은 그 순간이 최초였다.

이후로도 몇 번, 그 느낌들과 비슷한 부류의 감각을 경험했다. 잊을 만하면, 놓을 만하면 그것은 내 안으로 파고들며 나를 울렸다. 너무 깊숙이 와닿아서 온몸에 박하사탕이 스며드는 듯한 상쾌한 기분, 한번 경험하면 절대로 다시는 잊을 수 없는 그 느낌을 나는 경험하고 말았던 것이다. 그 느낌을 잊지 못해서 계속 쫓다 보니 자연스레 내 삶에는 취향이라는 것이 생기기 시작했던 것 같다. 공교롭게도 그 취향이 두터워질수록 나라는 사람을 둘러싼 관계의 폭은 줄어들었지만, 나는 또한 알게 되었던 것이다. 관계맺음에 있어서 넓이나 거리의 문제 이면에 '깊이'라고 하는 소중한 가치가 숨겨져 있음을. 어쩌면 문학의 깊이 라는 것도 사람들과 사람 사이에 존재하는 깊이와 비슷한 맥락이라고 말할 수 있을까.

"깊이 있는 글을 쓰려면 마음에서부터 출발해야 한단다."
"마음에서부터…… 네. 선생님."

하지만 그 깊이라는 것은 무엇일까. 계속해서 쓰고 있지 만 아직도 잘 모르겠다. 어쩌면 너무 깊어서 차마 그것이 어떤 것인지 헤아리지 못할 만큼 새까만 것일까? 그렇게 나는 소설가가 되었다. 하루하루, 언젠가 내게 박하향을 선사했던 문장들을 추억하면서.

2.

자정 무렵부터 글을 쓰다 켜켜이 어둠이 내려앉은 방 안에 어느덧 햇살이 차오르면 내게는 지난 새벽 잊고 있던 삶의 고단함이 한꺼번에 몰려오곤 한다. 굳이 밤을 새워야만 소설이라는 게 더 잘 써지는 것은 아니지만, 뭐랄까 이유를 꼽으라면 조용하기 때문에, 혹은 쓸쓸하기 때문이라고 말하는 편이 더 솔직한 답변이라는 생각이 든다.

다른 사람들이 분주하게 하루를 준비하는 시간이 되면, 나는 안대를 끼고 잠을 잘 준비를 한다. 매번 그런 것은 아니지만, 작품이 어느 정도 진행되고 있는 때에는 대부분 아침 햇살과 함께 잠을 청하기 일쑤다. 하지만 나는 감사히 그 졸음을 받아들인다. 잘 수 있다는 것은 얼마나 다행스러운 일인가. 그저 잠들고 싶다는 느낌만 있는 것은 서글픈 일이다. 고로 자고 싶다는 느낌과 함께 실제 졸음으로 파고드는 달콤한 피로가 현대인의 삶을 평화롭게 만든다고 생각할 따름이다.

내가 하는 작업은 지극히 외로운 일이다. 하지만 쓸쓸하다고 해서 좌절하지는 않는다. 또한 그 외로움에 애써 저항하려고 애쓰지도 않는다. 나는 그것이 소설가로서의 자질이라고 생각한다. 아무도 이 슬픔을 알아주지 않고, 주목해주지 않아도 그냥 툭툭 털면서 이야기를 엮어나갈 뿐이다. 이렇듯 내게 소설이란 누구도 알아주지 않는 자리에서 일컬어지는 문장들의 합이다.

마감일이 다가올수록 나는 초조해진다. 몇몇 작품들이 주목을 받으면서 그와 함께 가중되는 부담감 탓에 되도록 내 작품에 대한 평론은 멀리하려고 노력하고 있다. 하지만 그럼에도 어쩔 수 없이 대중들의 반응과 마주하게 될때면, 나는 겉으로는 웃고 있지만 속으로는 식은땀을 흘

모두 안녕히

리고 만다. 사랑하기 때문이다. 누군가 사랑하는 이에 대한 이야기를 하면 절로 귀를 쫑긋 세우고 집중을 하게 되는 것처럼, 나는 내 작품을 사랑하니까 그것에 관한 말들을 애써 외면하는 게 어려운 것이다.

그렇다고 해도, 절대로 재미가 없다는 말에는 상처받지 않는다. 그것은 소설가로서의 능력과 직접적으로 연루되어 있는 태도이기 때문이다. 사람이 살아가며 모두에게 사랑받을 수 없듯이, 문학 또한 마찬가지다. 되레, 혹평을 받지 않는 작품들은 쉽게 잊히고 만다. 모두에게 고만고만한 만족을 선사하려고 하다 보면 그 작품만의 향기나, 색깔이 쉽게 희석되고 마는 것이다. 내가 지향하는 문학은 쉽거나 혹은 어렵거나 재밌거나 또는 지루하거나 하는 것과는 무관한 분야다.

나는 그저 내 개인적인 만족을 위해 소설을 쓴다. 이 땅에 이런 이야기가 하나쯤 있으면 진심어린 미소를 짓고 눈물을 흘릴 일이 하나 정도는 더 늘지 않을까 하는 마음으로 말이다. 내게 글을 쓰는 일이란 윤곽만 지니고 있던 숨겨진 자아의 투영과도 같다, 그 안에 등장하는 모든 인물은 나와 마주 닿아 있다. 나는 그들이 이 세상 어딘가에서 실존하는 숨을 쉬며 살아가고 있다고 믿고 있다. 그러니 한 권의 소설이란 단순한 허구의 세계가 아니라, 누군가의 속사정이며 오래된 비밀이자, 잊을 수 없는 기억의 공간인 것이다. 소설책은 시간의 흐름을 각자가 지닌 인식의 축으로 바라보는 아끼는 장소와도 같다. 책을 펼치면 언제든 그곳에 발을 내딛을 수가 있다.

모두 안녕히

3.

결말을 다 쓰지 못한 소설을 제쳐두고서, 나는 공연히 거리로 나왔다. 한낮의 햇살이 이렇게 밝은 것이었구나. 일순간 속에서는 한동안 자기 자신을 너무 큰 공허함 속에 가두고 있었던 것은 아니었는지, 약간의 죄책감이 떠올랐다. 사람들은 각자 바쁘게 어딘가를 향하고 있다. 묵묵히 그 걸음이 시야에서 사라질 때까지 바라보다가, 나에게도 어딘가 갈 곳이 있으면 좋겠다는 생각을 했다.

집으로 돌아가 읽을 만한 책과 노트를 챙겨서 다시 외출을 했다. 분위기 좋은 카페에 앉아서 사람들이 서로 대화하는 말을 엿듣는 것은 내가 즐겨하는 취미생활이다. 가끔은 피식 웃기도 하고, 때로는 같이 속상해하면서⋯⋯

실은 많은 시간과 노력이 드는 인간관계들의 역할을 이처럼 모르는 사람들의 대화를 듣는 것으로 대신하고 있는 셈이다.

모르는 사람들의 이야기를 무책임하게 듣고 흘려 넘기는 일이란 얼마나 자유로운 대화인가. 고지식하게 서로의 근황에 대해 묻지 않아도 되고, 때때로 부담스러운 위로를 건네지 않아도 된다. 무거운 대화들로 약간의 상대적 박탈감과 소외를 느끼는 일보다야 혼자서 생각에 잠기고 간간히 주변의 모르는 이들의 이야기에 공감하는 일이 내게는 훨씬 더 즐길 만한 가치가 있는 것이다.

어쩌면 스승님이 말한 '깊이'라는 것은 혹여나 '책임의식' 같은 걸 말하는 걸까? 하지만 나는 소설이 기호식품 같은 거라고 생각한다. 예컨대 기호소설, 언어의 맛과 이야기의 향기를 즐기기 위한 읽을거리를 일컫는 말. 라이트노블이니, 추리소설이니 하는 것들도 문학적 가치와는 별개로 대중들에게 꾸준한 인기를 끌고 있는 것을 보면, 그것

모두 안녕히

이 사람들에게 즐거움을 주고 있다는 것만은 분명한 사실이 아닌가.

소설이란 분야에 있어 '책임'이란 의미는 다양한 각도로 해석될 수 있을 터, 그렇다면 좋은 소설가의 책무란 과연 무엇일까. 사람들은 건강에 조금 나빠도 군것질하는 것을 좋아한다. 왜냐하면 그것을 섭취할 때의 순간이 즐겁기 때문이다. 하지만 반대로 생각해서 그러한 즐거움이 없는 인생을 과연 건강한 삶이라고 말할 수 있을까. 쾌락은 인간의 삶에 있어서 무엇과도 대신할 수 없는 절대적인 영역이다. 소설가의 책무란, 궁극적으로 쓰는 이와 읽는 이의 행복을 추구하는 데 있는 건 아닐까.

그렇다면 책임의식을 가지고 글을 쓴다고 하는 말의 의미는, 읽는 사람 몇몇을 즐겁게 한다는 뜻으로 용납될 수 있을까. 공교롭게도 그 물음의 끝에서 나를 툭 건드린 것은 내 안에 희미하게 남아 있던 박하향기였다.

예전에는 즐거운 순간들의 합을 통해서 우리 인생이 점진적으로 행복에 다가선다고 믿었다. 허나 요즘 들어 그것에 관한 내 견해는 바뀌었다. 나는 인간이 어떤 순간순간의 모음으로 행복해지는 것은 아니라고 생각한다. 오히려 진정한 행복이란 개별적인 즐거움 하나하나에 깊이 몰입할 수 있을 때, 비로소 가능한 것이고, 각각의 주어진 순간 자체에 만족감을 느낄 수 있어야 진실로 행복한 삶을 경험할 수 있다고 믿는다.

커피 한 모금을 삼키면서 좋아하는 책을 스르륵 넘겨보았다. 그 안에는 오래된 밑줄과, 휘갈겨 쓴 문장들, 다듬어지지 않은 생각들이 두서없이 나열되어 있다. 이윽고 멈춘 곳에서 내가 마주친 문장을 읊조려보기도 했다.

알지 못하는 것은 있어도 아무것도 아닌 것은 없다.

내가 왜 책을 읽다 말고 이 문장을 적어놓았는지에 대해서는 좀처럼 생각이 나질 않았다. 희미해진 기억을 더듬

모두 안녕히

으며, 결국 인간의 기억이란 지극히 제한적이며, 문장이 한 사람에게 전하는 감각이라는 것도 그 사람이 언제, 어떤 사람으로 존재하고 있는지에 따라 그 가치를 달리한다는 생각이 들었다. 나는 그제야 내가 소설을 사랑하는 이유를 조금 알 것도 같았다.

4.

"아저씨 여기서 뭐해요?"

"아저씨 아닌데."

"아저씨는 일 안 해요?"

"일 하고 있는 중이야. 그리고 아저씨 아니야."

"이상한 아저씨네."

날이 어둑어둑해지고, 허기도 찾아와서 곧장 집으로 들어
가려던 요량이었지만, 내심 아무도 기다리고 있지 않는 빈
방으로 들어가기가 꺼려지는 날이었다. 하여 놀이터 그네
에 앉아서 이런저런 생각을 하고 있는데, 조금.무서워 보
이는 여학생 몇몇이 찾아와 내게 말을 걸었던 것이다.

　　　　　　모두 안녕히

"애들아, 나 돈 없어."

그러자 무서운 분위기의 여학생들은 깔깔거리면서 웃었다.

"아저씨! 우리 나쁜 애들 아니에요!"

"멀쩡한 총각한테 아저씨라고 하는 건 조금 나쁜 거야."

"그래, 알았어요. 오빠. 이제 됐어요?"

"응. 늦었는데 너희는 집에 안 들어가고 뭐하니?"

"저희는 조금 더 놀다가 가려고요."

"그렇구나. 그치만 나는 그네를 조금 더 타고 싶으니까 비키라고는 하지 마."

내 말이 끝나자마자 여학생들은 일제히 나를 흘겨보았다. 나는 속으로 그냥 비켜줄 걸 그랬나 하고 생각을 했지만, 그건 절대로 그 학생들이 무서워서 그런 것은 아니다.

"아저씨, 아니 오빠. 일하고 있다면서 왜 그네만 타요?"

"일하고 있어. 내 일은 혼자서 생각하는 걸로 시작하니까."

"…… 야, 이 아저씨 좀 이상하지 않아?"

리더로 보이는 한 여학생이 그렇게 말을 하자, 나를 노려보던 친구들이 슬금슬금 나를 둘러쌓다. 나는 그네에서 내려왔다. 겁나서 그런 것은 아니다.

"아저씨 돈 없다니까. 그리고 너네 나 귀찮게 하는 거야, 지금."
"알겠어요. 누가 뭐래요? 근데 오빠, 붕어빵 좋아해요?"
"좋아해. 난 꼬리부터 먹어."

내 말이 끝나자마자 불량스러운 여학생들은 일제히 웃음을 터뜨렸는데, 그 소리는 여간 다른 무엇으로 형용하기는 어려운 것이었다. 그 시절, 그 나이에서만 나올 수 있는 순수한 영혼의 소리들. 맑은 웃음을 읽어버리지 않는 어른이 되고 싶었는데, 생각해보니 언제 마지막으로 호탕하게 웃었는지도 잘 떠오르지가 않았다. 나는 그 웃음소리가 지닌 순박함에 이끌려서 학생들에게 붕어빵을 두 봉지 사주고, 나도 그 중에 한 마리를 먹었다. 물론, 무서워서 붕어빵을 사준 것은 아니다.

모두 안녕히

"아저씨 돈 없다면서요!"

"너희들한테 그냥 줄 돈은 없다는 거야."

"아! 뺏어 먹지 마요!"

"이거 내가 샀어. 그리고 난 꼬리부터 먹어."

"이 아저씨 봐, 아까부터 자꾸 꼬리부터 먹는다고 해."

옆에서 계속 흘겨보고 있던 다른 여학생이 입을 열었다.

"꼬리부터 안 먹으면 뭐 큰일이라도 나요?"

"아니, 다른 것부터 먹어도 괜찮아. 그냥, 내가 꼬리부터
먹는 걸 좋아하는 거야. 어른이 되면 무언가를 접할 때,
각자 자기들이 선호하는 방식이라는 게 생기거든. 그걸
거스르면 굉장히 찝찝해. 그냥 그래서 그런 거야."

무서워 보이는 여학생들이 다소 얼빠진 표정으로 나를 바
라보더니, 크게 외쳤다.

"우리도 각자 좋아하는 방식이 있거든요!"

"그래? 그럼 너네도 어른이야."

5.

붕어빵을 다 먹고 난 뒤, 나는 아이들에게 자리를 비켜주
고 집으로 돌아왔다. 골목 어귀를 돌기 전에 뒤를 돌아보
았더니, 여학생들은 여전히 시시덕거리며 그네를 타고 있
었다.

"아저씨, 우리도 이제 1년만 있으면 진짜 어른이 되고, 행
복해질 수 있어요!"

그 말에 나는 가던 길을 멈추고, 잠시 뜸을 들이다가 말
했다.

"말했잖아. 너희는 지금도 어른이고, 행복은 나중에 오는
게 아니야."

집으로 돌아오자마자 책상에 앉아서, 책장 한쪽에 쭉 늘

어서 있는 습작노트들을 꺼내보았다. 그 안에는 조금 전 만난 학생들처럼 부푼 미래의 꿈을 안고 살아가는 내가 있었다. 하지만, 지금의 내가 느끼는 것은 행복이 꼭 나중이어야 했나는 생각이다.

이번 한 달만 버티면, 몇 년 만 더 고생하면, 그러면 행복해질 수 있을까. 아니, 우리 행복을 방해하는 요인들에는 시간제한이 있는 게 아니다. 가슴을 답답하게 하는 일들은 언제 어디에서 즐비하다. 우리는 그러한 상념들로부터 영원히 졸업할 수 없다. 그러니 언젠가는 괜찮아질 거라는 믿음보다는, 지금 이 순간부터 행복한 이유들에 대해 고심해보는 편이 더 나았던 것이다. 앞서 누군가에게 말했듯이, 이미 나는 어른이었고, 행복은 나중에 오는 게 아니니까.

그리 넉넉하지는 않지만 매달 꼬박꼬박 들어오는 인세가 있다는 것은 얼마나 다행스러운 일인가. 소설을 쓰면서 밥 벌어먹을 수 있다는 건 얼마나 기적 같은 일인가. 좋아하는 일을 하면서, 계속해서 어떻게 그것을 더 재밌게 사랑할 수 있을지에 대해 고민하는 것은 얼마나 희망찬 일인가. 그렇게 생각을 하다가도, 문득 내가 쓴 소설에 대한 좋지 않은 말 한마디에 쉽게 우울해지고 마는 것이 인간의 한계이자, 본능인지도 모르겠다.

'형편없다고 말할 수는 없지만, 그렇다고 깊이 있다고 말하기도 애매한 글이다'

나는 그때 되레 묻고 싶어졌다. 그들이 말하는 그 형편과 깊이라는 것에 관하여 그들은 스스로 어떤 견해를 내놓았는지에 대해서. 소설이라는 게, 굳이 온갖 집중을 다 하고 읽어야만 하는 고고한 예술일 이유가 있는지. 혹여나 머리로만 작품을 해석하려고 했던 것은 아닌지. 나로서는 소설이라는 게 마음의 작용이라고 생각하는 주의다. 그래서 때때로 느껴지는 것을 최대한 거르지 않고 쓴다. 그것이 비문이든, 틀린 맞춤법이든 사실 별로 개의치 않는다.

모두 안녕히

나는 하루 온종일 고심했던 소설의 마지막 단락을 기어코 써내려갔다. 어떤 한 단락을 완성하기 위하여 나는 하루를 그 느낌에 가까운 태도로 살아간다. 그리하여 마음 안에서 숨이 가쁘게 흘러넘치는 감정들을 헤엄치면서 마침내 알맞은 온도로 나를 옮긴다.

허공을 두 손으로 꽉 붙잡고서 나 스스로는 세상과 겨루고 있다고 생각했지만 내가 끝내 놓지 않으려고 애를 쓰던 그 무엇이 남들에겐 한줌 허무와 공기처럼 가벼운 사유에 지나지 않았을지도 모르겠다. 내가 쫓는 무언가에 대해 사람들은 애매하다고 말한다. 내가 지키고 싶은 무엇에 타인들이 종종 이의를 제시한다. 하지만 나는 타자의 인정을 목표로 내 사랑을 평가하지는 않는다. 애매하다고 한다면 애매해도 좋다. 나라는 사람은 어떤 의도를 가지고, 내 사랑을 실험하지 않는다. 나는 침묵해도 좋다. 관측되지 않아도 내 사랑은 존재한다. 나는 그것을 향해 나아간다. 규칙을 가르고, 통념을 투과하며 그저 과녁을 향해 나아간다. 그곳에 닿는 일이 내가 존재하는 이유라는 듯이, 텅 빈 공간을 가리키며 자유롭게 웃을 것이다.

작업한 원고를 다시 읽어보며 묘한 설렘이 가슴 안으로 스며드는 감각을 느꼈다. 실은 이러한 느낌 또한 애매한 것이다. 맞다. 애매해도 좋은 것은 그저 좋다. 어떤 애매함은 지나치게 날카로운 것보다 우리 마음을 더욱 정성껏 끌어안아주기 때문이다.

모두 안녕히

6.

대개 사람들은 '소설가'라는 직업에 알 수 없는 거리감을 느끼곤 한다. 그것은 소설가가 어떤 특별함을 지니고 있어서가 아니라, 그저 익숙하지 않기 때문일 것이다. 심지어는 나조차도 되도록 외부에서 소설가란 직업을 밝히지는 않는다. 왜냐하면 그것은 다소 긴 설명을 요하기 때문이다.

"저는 소설가입니다."

자기소개에 구태여 이런 말이 포함되면 매번 비슷한 질문이 돌아오곤 하는 것이다.
"어떤 소설 쓰셨어요?"

"어떤 소설을 좋아하세요?"

"이 소설은 어떻게 생각하세요?"

"정말, 소설 같은 걸 써서 생활을 유지할 수 있어요?"

그러한 반응을 보고 있으면 조금 어지러운 기분을 느낀다. 되도록 얼른 그 자리를 벗어나고 싶은 마음이 들기 때문에, 하여 웬만해서는 내 직업에 대한 이야기를 꺼내지 않는다. 그냥 이런저런 다른 직업을 둘러내는 게 차라리 속 편한 행동인 것이다. 그것은, 본능적으로 매우 짧은 소설 한 편을 써버리는 일과도 같다.

"저는 물류업체에서 일하고 있어요. 요즘은 해외 운임 업무를 전담으로 맡고 있는데, 자꾸 배터리나, 휴대용 선풍기 같은 물품들이 배송품목에 섞여서 골치가 아프네요."

"아, 그건 해외 배송이 안 되나 보죠?"

"항공으로 가는 배송은 금지 품목들이 좀 있어요. 아무래도 폭발의 위험이 있는 것들은 대부분 반송 처리되고 말아요."

아직까지 조기 축구회 사람들은 나를 물류업체에 종사하는 사람으로 알고 있다. 하지만 실제로 그러한 일과 관련된 내 경력은 고교시절 택배물품 상하차 아르바이트를 한 것이 전부다. 지금껏 내 직업을 정확히 꿰뚫어본 사람은 없다. 나는 은근히 그 사실에 자부심을 느끼고 있는 것도 같기도 하다. 그럴듯하고 아무런 의심도 들지 않는 이야기는 그만큼이나 탄탄한 구성과 논리를 갖추었다는 뜻이기 때문이다.

때로는 나는 무의식적으로 소설을 쓰고 있다. 이야기를 가꾸어간다는 것은 내게는 영혼의 가려움과도 같아서, 계속해서 만지작거리며 그 답답함을 해소하고만 싶은 것이다. 누구나 자신만의 소설을 쓴 경험이 있을 것이다. 실제 그것을 글로 써내려갔든, 머릿속에서 상상만으로 이루어지든 말이다. 이처럼 소설이란 어렵고 무거운 창작이 아니라, 간간히 경험하게 되는 즐거운 사건과도 같다.

그렇다. 대부분의 소설에는 '사건'이 있다. 그리고 그것을 중심으로 나타나는 인물들의 '태도'가 있다. 비유하자면 소설을 쓰는 일은, 문학적인 산책로를 만드는 일과도 같은 것이다. 의도적으로 걸을 수밖에 없도록 걸음을 유도해놓고, 내가 전하고픈 전제와 이야기를 배경으로 만들어둔다. 주의해야 할 점은 절대로 '풍경을 유심히 바라보세요.'와 같은 팻말을 놓아두어서는 안 된다는 것이다. 보여주고 싶은 장면들 사이에 길 하나를 터놓는 일이 소설가가 할 수 있는 일의 전부다.

작가의 의도가 어떻든, 감정의 방향은 읽는 이가 스스로 결정할 몫이고, 그것이 곧 문학이 지닌 즐거움이다. 독서란 어떤 의미나 가치를 발견하고자 머리를 싸매고 마음을 쥐어짜는 것은 아니라고 생각한다. 이를 테면 가슴 깊은 곳에서 울려 퍼지는 감탄사, 그것을 발음하기 위하여 우리들은 소설을 쓰고, 읽는 것이 아닐까.

애매하지만, 그 본능적인 부름 앞에서 우리는 잊혀 있던 삶의 의미를 깨우친다. 깊은 곳에서 울려 퍼지는 감탄

모두 안녕히

사…… 그렇다면 소설의 깊이란 감정에 전해지는 분위기와 관련된 걸까? 소설은 사랑하지만, 깊이 있는 소설에 대해서는 잘 알지 못하겠다. 그런 고민에 잠기니 어느새 하루가 지난다.

세상은 왜 조금 더 다정하게 나를 어루만지며 내가 찾는 깊이에 대해 설명해주지 않는 걸까. 소설을 읽는다는 것은 손아귀에 있는 작은 책을 들고서 그저 바라만보는 일을 통해서도 가능하다. 하지만 위에서 내려다보는 것으로는 그 가치가 쉽게 전해지지 않을 때가 있다. 그럴 때 소설의 시점은 인물의 눈에 있어야 한다는 사실을 다시 한번 가슴에 새길 필요가 있는 것이다. 관조적으로 음미하는 것이 아니라, 조금 더 적극적으로 그 사건 속으로 내 몸을 내 맡기면 그곳에서 또 하나의 세상을 발견하게 될지도 모르겠다.

어쨌든 소설은 아직 발견되지 않은 미지의 세계일 뿐, 결코 허구가 아니다. 나는 그렇게 믿는다.

7.

내가 소설을 쓰는 일 이외에 다른 직업을 가지지 않는 것은 일종의 사명감 같은 것으로도 설명할 수가 있겠다. 직업으로서 지속할 수 있으려면, 그것으로 생활을 영위할 수 있을 만큼의 수입이 있어야 하니까. 내가 다른 직업을 지닌 채로 소설가를 병행한다는 것은 소설가로서는 경제적으로 홀로 설 수 없다는 것을 인정하는 일과도 같기 때문이다.

아무도 그런 나의 마음을 알아주지는 않지만, 나는 지키고 싶은 것이다. 소설가로서의 반듯함이라고나 할까. 이 시장에서 한 명의 창작가로 살아가는 일이 그리 쉽지는 않다만, 그럼에도 견딜 수 있다는 것을 증명하고 싶은 걸

수도 있다.

하지만, 그런 생각을 하니 역시나 침울한 기분을 숨길 수가 없었다. 돈 걱정은 하지 않고, 창작에만 몰두할 수 있다면 얼마나 행복할까. 복권에 당첨되어 더는 경제활동에 참여하지 않을 수 있다고 해도 소설은 쓸 것이다.

나에게 소설, 그리고 창작이라는 것은, 그 황홀한 경험은 언제부터 버티는 삶 같은 것으로 치부되어 버렸을까. 하지만 종이가 아주 적은 힘으로도 그만 찢겨져 버린다고 해도, 그 안에 담아낼 수 있는 마음은 결코 가볍지 아니한 것이다. 하여 쉽게 무너진다고 하여 결코 나약한 것이 아니라는 믿음을 나는 소설을 읽고 쓰면서 배웠다.

  – 아들, 날이 쌀쌀해지네. 영양제랑 귤 좀 보냈어.
    그리고 잠은 충분히 잘 수 있도록 하렴. 사랑한다.

늦은 시각 어머니에게 문자가 왔다. 어머니는 문자로는

최대한 짧게 말씀하시고, 전화로는 최대한 긴 잔소리를 늘어놓곤 하는 편이다. 아주 두껍고 지루한 이야기도 곧잘 읽어 내려가는 나지만, 소설가로서도 어머니의 잔소리는 꽤나 장황하게 다가온다. 그러니까 실제로 문장의 길이는 짧은데, 그 단출한 문장들에 개인적인 감정들이 계속해서 더해지니 제법 버거운 수준이 되고 마는 것이다.

하물며, 서른 살이 된 아들에게 아직까지 양치하는 법에 대해서 가르치려 하시는 것을 보면, 아무렇게나 일단 흘려듣는 나의 태도도 어느 정도는 그럴 만한 충분한 이유가 있다고 용인해주어야 할 것이다.

귤은 내가 가장 좋아하는 과일이다. 나는 겨울 과일의 쌉싸름한 감촉이 좋다. 시린 손으로 따뜻한 커피를 감싸 안고서 커피의 쓴 맛과 귤의 신 맛을 번갈아 먹는 것을 특히나 즐긴다. 어머니로부터 매번 고약한 식습관이란 잔소리를 듣지만, 그건 일종의 취향으로서 인정받아 마땅하다는 사실을 언젠가는 꼭 인정시키고야 말 작정이다. 그래서인

　　　　　　　　모두 안녕히

지 귤을 보면 자연히 엄마 생각이 난다.

아마도 고등학교 무렵이었나, 독서실에서 만화책을 보고 돌아왔는데, 어머니가 졸린 눈을 비비며 나를 반겨주셨다. 내 방 책상 위에는 색감으로도 그 맛을 알아차릴 만큼 샛노란 귤 한 바구니가 놓여 있었다. 혹시라도 돌아온 아들이 불 꺼진 집에 들어서는 것에 속상함을 느낄까 봐 어머니는 언제나 전기장판은 적당한 온도로 틀어놓으시고, 내 방 공기도 깨끗하게 환기시켜 놓으셨다.

나는 약간씩 어질러져 있는 상태를 좋아하는데(어질러져 있는 것에도 일정한 규칙이 있다) 어머니는 매번 새것처럼 반듯하게 내 방을 정리해주시는 거다. 사춘기 시절이라 그런지 하루는 그 손길이 크게 불만스러워 방안을 온통 엉망진창으로 해놓고 외출한 적이 있었다. 하지만, 늦은 밤, 다시 집으로 돌아왔을 때, 방안은 늘 그랬듯이 깨끗하게 정리되어 있었다. 더불어 그곳에는 최대한 나의 규칙을 침해하지 않으려고 애쓴 어머니의 흔적들이 남아 있었다.

이를 테면, 나는 옷을 색깔별로 분류하기보다, 질감과 용도로 분류를 하는 편이고 책은 읽던 페이지를 그대로 덮지 않고 되도록 뒤집어서 놓아둔다. 그리고 책상 등받이에 올려둔 옷들은 한 번 더 입고 세탁을 할 용도이기 때문에 다시 옷장에 집어넣지는 않는다. 어머니는 내가 짜증 섞인 투로 내뱉은 말들을 잘 기억해두었다가, 내 생활 방식과 놓아둔 사물들의 규칙들을 존중해주신 것이다. 그것은 실로 엄청나게 어려운 일이라는 것을 나이가 들수록 깨닫는 중이다. 다른 사람의 규칙이라는 것이 보통 저 자신을 제외하고서는 의미 없는 나열이나, 어질러짐으로 받아들여지곤 하기 때문이다.

최근에 고향을 방문했다가 다시 서울로 올라오던 날, 어머니는 내 옷과 반찬거리들을 종이가방에 챙겨주셨다. 나는 역시나 그것들이 다소 아무렇게나 들어가 있다고 느껴져서, 나에게 편한 방식으로 다시 정리를 해두었다. 그런

모두 안녕히

데, 그 순간에도 어머니는 유심히 내 모습을 들여다보고 있던 것이다. 아차, 싶은 마음과 함께 말하지 않아도 나는 그 의도를 느낄 수 있었다. 다음번에는 아들이 정리하는 방식으로 준비해두려는 어머니의 마음이었던 것이다.

나는 그녀를 바라보며 세상에 사랑이란 것이 존재한다는 것을 몸소 깨우친다. 나의 모자라고 작은 마음으로는 결코 다 헤아릴 수 없는, 조건도 없는 숭고한 감정이 있다는 사실을 처음 그녀로부터 배웠다. 나에게 어머니란 어떠한 문장보다도 고귀한 존재이고, 내 삶에 있어 절대로 지워지지 않는 단어와도 같다.

8.

이른 아침, 나는 평소 자주 가던 시립도서관으로 걸음을 옮겼다. 도서관에는 사람들이 어떤 시험을 준비하기 위해서 열심히 공부를 하고 있었다. 정작 그곳에서 독서를 즐기는 사람들 드문 편이다. 그럼에도 도서관의 효용은 오래오래 머물고 싶을 때, 가장 극대화 된다. 나는 도서관 서가에서 풍겨지는 오래된 종이 냄새 속에서 한참 동안 머물러 있었다. 이윽고 햇살이 스며들자, 흰 먼지들이 일제히 부유하는 것을 느낄 수가 있었다. 방금 막 현실이라는 꿈에서 깨어나, 영혼의 공허함이 기지개를 켜는 느낌, 붙잡아도 붙잡아지지 않는 무엇이 책과 나 사이에는 존재하고 있었다. 마치 기억 속의 수많은 감정들이 나비처럼 날아오르는 것 같은 기분이라고 할까.

모두 안녕히

좋은 글이라는 것은 무엇일까. 깊이 있는 글이라는 것은 어떤 것일까. 나는 모르겠다. 그렇게 도서관에 어둠이 내리는 시간이 될 때까지 묻고, 또 물어보았지만 내 귓가에는 어떠한 대답도 들려오지 않았다. 도서관 입구를 나와, 긴 내리막길을 걷는데 저 멀리에서 밤하늘을 밝히는 불꽃들이 하늘을 수놓고 있었다. 곧이어 들려오는 불꽃의 파열음. 작은 점에서 아름다운 간격으로 흩뿌려지는 빛의 선율을 바라보면서 나는 묵묵히 걷고 또 걸었다. 그리곤 다시 찾아오는 고요함. 한숨을 내쉬니 뿌옇게 입김이 내게서 멀어져 갔다. 내 안 가장 깊은 곳에서 머물다 날아오르는 숨, 형체도 무게도 없지만 분명 내 안에서 끄집어 낸 감정의 윤곽이 저만치 흐려져 가고 있었다.

이윽고 다다른 이름 없는 골목에서 나는 걸음을 멈추었다. 그곳에는 아주 작은 눈송이들이 스치듯 짧은 생의 날아오름을 경험하고 있었다. 자세히 보지 않으면 쉽게 지나치고 말 정도로 작고 가녀린 눈, 소설小雪. 이 밤의 고요함을 배경 삼아서 나 역시도 가슴 안에서 혼자만의 소설

小說을 써 내려갔다. 손등에 닿은 시린 표현들, 내가 머물고 있던 그 텅 빈 골목의 밤이 언어적인 인연과 인과에 근거하지 않는 초월적 우연으로 엮일 때, 나는 비로소 내 창백한 손등 위로 작은 손톱자국 하나를 새겨보았다. 비스듬하고 어렴풋한 공허空虛 그것은 어떠한 비명도 없이 머물다 아주 조금씩 내 눈매로 다가오는 것이다. 작고 희미한 손톱자국 속에도 깊이는 있다.

소설을 쓴다는 것도 같은 맥락일까. 나는 물끄러미 그 미미한 깊이를 바라보면서, 인생의 고단함도, 쓸쓸한 한숨도, 새까만 침묵과, 달고 시린 사랑에 이르기까지 어쩌면 그 모든 것이 그렇게나 아리송한 깊이에서 불어오는 바람 같은 거라고 생각했다. 그러니까 애매함 속에도 깊이가 있고, 실은 애매하기 때문에 깊어지는 것이다. 사람들이 그랬다. 나는 애매한 사람이라고. 이제 나는 그 말에, 전적으로 신뢰가 간다.

모두 안녕히

어떤 한 단락을 완성하기 위하여
나는 하루를 그 느낌에 가까운 태도로 살아간다.

작업노트

숲

언젠가 사랑하는 이를 바라보며, 세상에 우리 둘만이 존
재한다면 얼마나 좋을까 하는 생각을 한 적이 있습니다.
하지만, 대개 그것이 헛된 꿈이라는 체념에 이르고 말았
지요. 실로 우리는 사랑 앞에서 무한정 자유로울 수 없습
니다. 우리 사이를 가로막는 수많은 벽과 상황들 앞에 부
딪히기 마련이지요. 그래서 가끔은 사랑하는 마음 그 자
체를 원망하기도 했던 것 같습니다. 사랑만 바라보고 사
는 일이 어쩌면 가장 힘든 일은 아닌가, 그것은 정말 가능
하기는 한 것일까 하고.

이슬 안에서 살아가는 물고기에게 이슬이란 그의 자유를
앗아가는 틀이면서 그를 살아 숨 쉬게 하는 터전입니다.

그 제한적인 자유는 자기 자신만의 세계인 것이지요. 그러나 세계를 벗어난다는 것은 어떤 의미일까요. 신을 넘어선다는 개념은 어떤 결과를 초래할까요. 두렵고, 막막하고, 어렵지만 사랑 앞에 서면 자꾸만 그것을 넘어서고 싶은 충동에 휩싸이곤 합니다.

봄이 만연했을 즈음 쓰기 시작했는데, 결말이 떠오르지 않아, 한동안은 습작노트 속에서 긴 잠을 잤던 글이네요. 마무리를 하고 보니, 어느덧 가을입니다. 오늘은 길에 떨어진 낙엽을 주워보았는데, 바스락거리며 그만 부서져 버리고 말았지요. 그때 이루 말할 수는 없지만 어렴풋이 가슴 안에서 느껴지는 묘한 감정들이 있었습니다. 가을은 그렇게 잠잠했던 호수에 묵묵히 떨어지는 낙엽처럼, 툭 하고 우리 마음에 작은 파문을 만들어내지요. 그때 우리들은 어떤 다짐을 하거나, 후회를 하거나, 깨달음을 얻기도 하는 것 같습니다.

사랑에 안전지대는 없는 것 같아요.

그저, 저는 그 수많은 이슬이 지상으로 부서지는 동안 묵묵히 기도할 따름입니다.

정말로 그 마음이 진실하면 무모함마저 용서될 수 있는 계절이 언젠가 그들에게 찾아오기를 바라면서.

모두 안녕히

바나나를 높은 곳에 걸어두면 오래도록 신선함을 유지한다고 한다. 근데 그 이유가 아직도 자기가 나무에 매달려 있는 줄 알고 있기 때문이라는 거다. 나는 그런 바나나를 보면서 사실, 무언가를 믿는다는 건 이처럼 막연한 바람과도 같은 건 아닌가 하는 생각이 들었다. 바나나도 저렇게 무언가를 믿어보려고 애쓰는데, 사람도 무언가를 믿기 위해서는 어이가 없어도 좀 더 노력해야 하는 거 아닐까. 믿음이라는 건 정말 시간을 무색하게 하는 힘이 있나 보다. 고개를 들어보니 바나나가 여전히 대롱대롱, 노랗게 웃고 있다. 오늘은 더 열심히 믿어봐야지.

슬픈 어제의 나 지금

아직도 제 책장에는 빌려놓고서 이제 다시는 되돌려줄 방도가 없는 책 몇 권이 꽂혀 있습니다. 그리하여 가끔씩 주인 잃은 책을 묵묵히 펼쳐볼 따름이지요. 이내 그 사람이 그어놓은 밑줄들이 여간 오래오래 내 마음에 남아서, 지워지려면 아직 한참은 더 걸리나 보다 하며 다시 책을 덮어놓고는 합니다.

무릇 외로움이란 '더 열심히'라는 것으로는 쉽게 견뎌지지 않습니다. 그래서 더 어려운 것이겠지요. 작품을 써 내려가면서, 어쩌면 외로움이란 것은 한 개인의 책임이 아니라, 그저 우연히 찾아오는 감정은 아닌가 하는 마음을 품어보기도 했습니다. 그저 본능적인 동시에 확률적으로 외

모두 안녕히

로울 수밖에 없는 순간들, 어항 속에 갇힌 생명들처럼 벗어날 수 없는 슬픔이 우리 인생에는 소나기처럼 별다른 연유도 없이 찾아오곤 하지요.

세상에 점차 재미난 유희거리가 많아질수록 우리의 근원적인 외로움이 증명되고 있음을 느끼고 맙니다. 하지만 더 서운한 것은 외로울 때에도 타인의 시선에 내 감정을 숨기고 마는 자기 자신이었지요. 어떤 후회로부터, 아쉬움으로부터, 나 스스로를 용서하고자 하는 마음으로 쓴 소설입니다. 세상에는 이기적인 존재들이 많지만 언제나 나 자신에게 가장 이기적인 행동을 취했던 건 나 스스로의 마음이었던 것 같아요.

- 애틋했던 시간들, 아팠던 순간들은 지나고 나면 무엇
   이 되나요?
- 저에게 아팠던 시간들은 지나고 나서도 아픕니다. 저
   에게 애틋했던 순간들은 시간이 흘러도 애틋합니다.
   추억의 효용은 여전히 거기에 내가 있다는 것이겠지

요. 나는 여전히 아프고, 나는 아직까지 사랑합니다.

그날, 그곳에서.

슬픈 어제의 나 지금 이라고 하는 모순적인 제목의 병치는 내 삶의 어느 시점들에서 여전히 울고 있을 나와 화해하고 싶은 간절한 마음에서 출발한 것인데, 모쪼록 저는 계속해서 화해를 시도해볼 작정입니다. 과거에는 인생의 중요한 사건 몇 가지를 허망하게 흘려보냈기 때문에 제 삶이 위태롭게 이어져가고 있다고 좌절했던 적이 있습니다만, 지금은 조금 생각이 달라졌습니다.

삶은 그저 주어진 모든 순간이 소중하고 중요합니다.

친구를 만나고 돌아오는 길에 고맙다는 문자가 왔다. 나는 별로 고마울 만한 행동을 한 것이 없는 것 같아 조금 의아한 기분이 들었다. 내가 이유를 묻자 친구는 "아까 내가 계속 길을 잘못 들어서 어렵게 찾아가던 카페, 시시해도 괜찮다고 말해줘서 고마워!"라고 말했다.

나는 오늘 만남에서 지금까지 쓴 소설에 대해서 이야기를 할 생각이었는데, 마침 친구가 소설 이야기를 하기에 알맞은 카페가 있다며 나를 데리고 갔던 것이다. 그는 그 공간을 본인도 한 번 가본 적은 없지만 지나다 눈에 스칠 때면 꼭 한번쯤 가봐야지 하고 생각해두었던 곳이라고 설명했다. 골목이 조금씩 비슷하게 생겼고, 나도 방문한 적이 없는 곳이라, 우리는 조금 길을 헤맬 수밖에 없었다. 그래서 혹시나 친구가 내게 미안한 기색을 느낄까 봐 "실수해도 괜찮아. 그냥 천천히 걸어가"라고 말했던 것인데, 친구는 그 말을 잘못 알아들었나 보다.

시시해도 괜찮아, 그냥 천천히 걸어가.

나는 속으로 생각했다. 사람들 사이에 존재하는 수많은 오해들이 오늘처럼만 구김 없는 것이었으면 좋겠다고.

모두 안녕히

우리의 마지막 바다

떨어지는 꽃잎은 유유히, 스스로의 운율을 노래하고, 쇠락하는 한 명의 인간은 찬찬히 자신의 삶을 곱씹어볼 뿐입니다. 변하지 않는 진실이 있다면 시간은 흐른다는 것이지요. 그리하여 자고로 사람이란 존재는 자신을 둘러싼 계절이 변화할 때, 이따금 걸음을 멈추고 비로소 스스로와 마주하고자 하는 바람을 지니게 됩니다. 저무는 것들은 아름답습니다. 묵묵히 흩날리는 것들은 사랑스럽습니다.

해가 지며 어스름이 내릴 때, 저기 멀리 기울어져가는 기억들이 말하길, 살아가면서 아픈 과거를 지녔다는 것은 결코 부끄러운 일은 아니라 했지요. 이름 없는 어느 새벽에 외딴 외로움이 마음을 에워싸고 있다면, 필시 당신은 무언가를 간절히 사랑했던 것입니다.

허나, 유례없는 고독이 찾아오고, 창밖에 무성하던 나무와 꽃들이 영락없이 쇠퇴해버린다 하여도, 우리 마음에 있는 고운 씨앗 하나를 잃어버리지 않도록 합니다. 그리하면, 제 아무리 더디다 하여도 깊은 온정으로 계절은 다시 한번 노래할 것입니다.

사랑의 온도가 조금 달라서, 서로가 서로를 외롭게 할 수밖에 없었던 그날의 아련한 우리에게 이 추억을 바칩니다.

모두 안녕히

근본적으로 마음을 증명할 길 같은 것은 존재하지 않는다. 다만, 그렇다고 믿으면 그런 것이고, 그렇지 않다고 생각하면 무엇도 믿을 수 없는 것이 순리대로의 삶이다. 나는 그저 묵묵히 당신을 여행하듯 걸었다. 그것은 내가 너를 열렬히 사랑하고 있다는 나름대로의 고백이기도 했다. 하물며 간간히 걸음을 멈추어 한참을 같은 자리에 머물렀던 것은 결코 온전히 드러날 수 없는 사람의 마음이란 것이 곧잘 전해졌으면 하는 간절한 호소였는지도 모르겠다. 나는 언젠가 눈이 오면 당신에게 함께 걷자고 말했다.

비록 우리는 이 세계에서 아주 평범한 사람들 중 몇몇에 불과하지만, 그 길 위에서 서로가 나란히 걸음을 맞추며 호흡할 때면 비로소 유일해진다고 믿었기 때문이다. 하지만 무엇도 그러한 감정을 온전히 상대에게 전달해주지는 못한다. 우리는 '아마도' 그럴 것이라고 서로를 은유하듯 사랑하는 것에 불과하다.

만약 믿음을 잃지 않는 한 사랑이란 결코 훼손되지 않다는 가정이 있다면, 그 믿음이라는 것의 의미도 깊이 들여다봐야 하지 않을까. 그것은 누군가에겐 단 한 순간의 찬란함일 수도 있고, 또 어떤 사람에겐 오래오래 내 곁을 지키고 있던 평범함일 수도 있다. 믿음이란 전적으로 그것을 품는 자에 의존하여 다른 의미를 지닌다. 그러니 애초부터 어느 것 하나 내 사랑의 굳건함을 증명할 절대적인 방법론은 없는 셈이다.

그렇게 느끼고자 상대와 나에게 더 많은 시간과 대화를 할애하고, 오직 서로만이 느낄 수 있는 믿음의 행방으로 걸음을 맞추어나갈 뿐이다. 언젠가는 내 사랑의 길도 목적지가 아닌 방향이 될 수 있을까. 당신이 내 손을 잡아

모두 안녕히

주었을 때, 모든 예상을 뒤엎고도 우리가 같은 길을 걸을 수 있는 내가 되기를 간절히 소망해본다. 조금 더 면밀히 말한다면 우리가 함께 걷는 방향이 내게는 사랑이기 때문이다.

작업노트

동화처럼 아름다운 것만 담아내려 아무리 애를 써봐도 소설에서조차 그것이 불가능하다는 것을 깨닫곤 한다. 아무리 좋은 것만 골라서 담아도 그 이야기가 처음부터 끝까지 기쁜 일들로만 이루어질 수는 없다. 그렇다면 소설을 현실의 삶과 전혀 동떨어진 이야기라고 말할 수 있을까. 차마 이해되지 않는 논리는 소설에서도 담아내지 못한다. 하면 사람들은 소설에서 무엇을 발견해내려고 하는 것일까. 아마 커다란 진리나, 이상을 찾기 위해서 소설을 읽지는 않을 것이다. 그렇다면 우리는 무엇을 보고 있는 것일까. 어쩌면 무언가를 읽는다는 건 잠시 산책을 다녀오는 일과 별다를 바가 없는 일일 수도 있다. 그냥 물끄러미 바라보는 것이다. 현실이 내부라면, 소설은 외부의 세계

모두 안녕히

다. 바깥은 이러한 광경이 펼쳐져 있구나, 하며 흥미를 유발하는 것만으로 내면에서는 이름 모를 변화가 이미 일어나고 있는 셈이다. 그렇다면 소설이란 문학적 걸음걸이를 통한 풍경의 자각 같은 것이라고 일컬어져야 할까. 그냥 쉽게 말해, 한번쯤 대화를 나누고픈 누군가의 옆모습이라고 불러야겠다.

내가 당신에게 좋아한다고 말했던 만큼

당신은 나를 온전히 앓아야 했을까요.

내가 당신을 그리워하던 밤만큼,

얼마간의 울음이 당신의 새벽을 환히 밝혀놓았을까요.

당신은 나를 사랑하기 위하여

얼마나 많은 당신을 내려놓아야 했습니까.

당신 호주머니에 잘 익은 귤 하나를 몰래 넣어두고 싶은

계절입니다.

텁텁한 심정들은 모두 어제의 파도로 흘려보내주세요.

모두 안녕히

바다거북은 태어나자마자 어딘가를 향한다

당신은 어떤 역할로 살아가고 싶습니까?

주인공 이로하는 아버지의 기대에 부응하기 위해 노력하는 아들이면서, 동시에 누군가의 아버지이기도 하지요. 그는 어머니에 대한 결핍을 지닌 자식이면서, 아내를 사랑하는 남편이고, 또한 누군가의 선배이고, 제자입니다. 우리는 이렇듯 자연스레 수많은 역할을 부여받은 채로 살아가고 있지요. 하지만 정작 '나'는 어디에 있을까요. 진정한 '자아'란 역할이 아니라 존재 그 자체가 되어야 하는 것은 아닐까요. 이 소설은 그 물음을 반복하면서 써 내려갔답니다.

자고로 인간이란 자신의 자아와 자신에게 부여된 사회적
역할 사이에서 피할 수 없는 갈등을 경험하는 존재이지
요. 선택은 누구도 대신 해주지 않으며 그에 따라 얻게 되
는 만족이나 비난 역시 스스로가 받아들여야 할 몫일 겁
니다. 그것은 우리가 사회 속에서 함께 살아가기 위해 꼭
필요한 숙명이라고도 할 수 있겠지요. 하지만 어쩔 수 없
이 그 역할을 책임지고 살아간다는 건 한명의 개인에겐
너무도 가혹한 일이 아닐까요. 그렇다면 우리는 어디에
중심을 두고 살아가야 하는 걸까요?

공교롭게도 제목이 '바다거북은 태어나자마자 어딘가를
향한다'이면서도 소설 어디에도 바다거북에 관한 내용
은 나타나 있지 않습니다. 조금 더 그 이유에 대해 그럴듯
한 핑계를 대보자면, 제가 아주 어렸을 적에 볼록한 브라
운관 앞에 앉아서 바다거북에 관한 다큐멘터리를 본 적이
있는데, 그때 바다거북이 알을 깨고 바다를 향해 주춤주
춤 달려가는 모습이 인상적으로 다가왔던 거예요.

　　　　　　　　모두 안녕히

그 다큐멘터리를 보면서 실제로 알에서 부화하여 바다에 도착한 뒤, 성인 바다거북이 되는 개체는 아주 소수에 불과하다는 것을 알게 되었습니다. 하지만, 정작 제가 놀랐던 부분은 '왜 알에서 부화하자마자 모두들 바다로 향하는가?'였지요. 그것에 관해서는 좀처럼 아무도 설명해주지 않더군요. 아마도 생존을 위해 대대로 내려오고 있는 유전적인 영향일까요? 아니면 자신이 아직 태어나기도 전에, 어미의 품속에서 함께 헤엄치던 세상이 그리운 걸까요?

저는 스스로에게 한번 묻고 싶었습니다. 지금까지 나의 삶 역시 알에서 부화한 뒤 곧장 살기 위해 바다로 달리는 바다거북의 삶과 크게 다르지 않았던 건 아닌지. 내가 꿈꾸는 '바다'가 꼭 생존경쟁을 위해 존재하는 세상이 되어야만 하는지. 저는 의아했던 것입니다. 어찌하여 바다거북에게는 해변에 누워 왜 꼭 바다여야 하는지 고심해볼 시간이 허락되지 않는 것인지.

바다거북의 성체는 천적이 거의 없고, 매우 빨라서, 다 자라고 난 뒤로는 큰 위협 없이 자유롭게 바다를 헤엄칠 수 있다고 해요. 하지만 지금 그 바다거북은 멸종 위기 종에 속해 있지요. 지구에서 자유로운 어른으로 성장하는 일은 바다거북에게도 인간에게도 결코 쉬운 일이 아닌 것 같습니다.

여러분이 꿈꾸는 바다, 항해하고 싶은 세상은 어떤 곳이지요?
당신은 그곳에서 어떤 역할로 존재하고 싶나요?
저는 궁금한 것이 많은 사람입니다.
언젠가 기회가 된다면 당신의 이야기를 꼭 들어보고 싶군요.

모두 안녕히

이로하가
유우에게

유우, 기회가 된다면 다랑어를 맛있게 굽는 경험을 함께
나누고 싶구나. 언젠가 네가 성인이 되었을 때, 네 가슴
안에는 활활 타오르는 볏짚처럼 뜨거운 불꽃이 자리하게
되겠지. 너는 그 불꽃이 가리키는 방향을 따라 어두운 길
속에서 하염없이 걸을 수 있는 용기를 발견하기도 하겠
지. 하지만 때로는 가슴 안에 그 불꽃이 일순간 꺼져버리
는 날도 온다. 너는 당황하며 길을 잃겠지. 가슴이 시려
부르르 추위에 떨어야 하는 밤도 찾아올 테지. 그럴 때,
우리가 함께 먹었던 그 다랑어 구이의 추억을 떠올려보
렴. 불이 꺼진 볏짚에서 올라오는 은은한 향기는 비린 맛
을 잡고, 깊은 풍미를 더해준다. 그렇게 훈연된 고기는
입안에 들어서면 사르르 녹아버릴 만큼 부드러운 촉감을

자아낼 수가 있는 거지.

나의 아이야, 때로는 불이 다 꺼져버린 뒤에서야 축제가 시작되기도 한단다. 네 가슴 안에 꺼져버린 불씨에 가만히 손을 가져다두면, 여전히 따스함이 전해져오는 것을 느낄 수 있을 거야. 그때 사람에게도 자기만의 향이 스며들며 더욱 깊어지는 거란다. 그러면 이제 너는 더 이상 빛을 따라 걷지 않아도 되는 거야. 눈에 보이기에 반짝이는 것들에 애써 의지하지 않아도 된단다. 자기다움은 어둠 속에서 감히 희석되지 않지. 그렇게 인생의 늦은 저녁에는 때때로 어둠 속에서도 축제가 벌어지는 거란다. 그 안에서 마음껏 춤을 추고 노래하렴. 이제는 네가 바로 빛의 중심이란다.

물고기를 먹지 못하는 사람이 초밥에 대한 이야기를 쓴다는 것은 얼마나 어설프고 웃긴 일인가. 하지만 나는 늘 궁금했다. 내가 모르는 그 맛을 다른 사람들은 어떤 방식으로 누리며 감탄하고 있는지.

불쑥 친구에게 초밥을 먹으러 가자고 연락을 하자, 대개는 아주 의아하다는 반응이 돌아왔지만, 내심 친구들은 즐거워하고 있었는지도 모르겠다. 우리 사이에 또 하나의 공감대와 추억이 형성되려 하고 있었기 때문이다.

처음 간 곳은 사람들이 분주하게 다녀가는 회전 초밥 가게였다. 사람이 많고, 주문과 식사가 빠르게 진행된 바람에, 초밥을 쥐는 장면을 집중력 있게 관찰할 수가 없었다. 대신 내가 본 것은 그 음식을 맛있게 즐기며 대화하는 사람들의 모습이었다. 그로부터 얼마 뒤에는 코스 요리로 예약을 받는 조용한 초밥 가게에서 식사를 할 기회가 생겼는데, 운이 좋게도 바로 앞에서 초밥을 만드는 사람의 태도나, 풍기는 분위기, 행동양식 들을 관찰할 수가 있었다. 나는 유심히 보고 기록해두었다. 물론, 그 자리에서 펜을 들 수는 없었기 때문에 관자놀이를 만지면서 그 장면들을 최대한 세세하게 머릿속에 담았다. (관자놀이를 만진 건 특별한 이유가 있는 것이 아니라, 무언가를 외울 때 내가 하는 버릇이다. 반대로 내가 무언가를 기억해 낼 때는 시선을 Z 자로 굴리는 버릇이 있다.)

그 이후로도 몇 번, 다양한 초밥 집을 찾았지만 이미 기록해둔 것들 이외에는 더 이상 새로운 무언가를 발견하지는 못했다. 나는 그때 내가 너무 무지하기에 눈에 보이는 것들의 가치를 제대로 해석하지 못하고 있는 것은 아닌가 하는 생각이 들었던 모양이다. 하여 초밥과 관련한 여러

모두 안녕히

서적들을 읽고, 그것을 주제로 한 다큐멘터리들을 시청했다. 단순한 정보수집이 아니라, 이제는 아예 작정하고 초밥을 공부한 꼴이다. 마침내 내 무지를 어느 정도 바로잡은 뒤에야 나는 겨우 초밥이라고 하는 미지의 세계를 이해할 수가 있었다.

여전히 나는 물고기를 먹지 못한다. 하지만 초밥이라고 하는 음식은 먹는다. 단순히 소화를 하고 배를 불리기 위한 행위는 아니기 때문이라 그런 것일까. 어쨌든 전혀 알지 못한 분야에 발을 내딛으니, 또 한 번 느끼게 되었다. 세상은 정말이지 넓고, 다양한 매력들이 숨겨져 있으며, 그 즐거움은 나 스스로 벽을 허물어뜨리지 않는 한 결코 내 앞에 나타나주지 않는다는 사실을.

소설가 K의 일상

K에게는 이름이 없습니다. 이름 붙여지지 않은 소설가이지요. 몇몇 마니아층의 독자들이 있다고는 하나, 출판계에서는 여전히 무명에 가까운 작가입니다. K에게는 퇴근시간이 없습니다. K는 소설가라는 직업을 가진 순간부터 언제나 초과근무중이지요.

K의 꿈은 작은 서점을 운영하는 것입니다. 그 서점에는 소음측정기가 있고, 일정한 데시벨을 넘기지 않도록 방문객들이 모두 주의를 기울여야 하지요. 예를 들어, 소곤소곤 대화를 하는 것 정도는 가능한 정도랄까.

소설을 읽으며 혹여라도 K가 내가 아는 그 사람일까 하는 생각을 했다면 다시 한번 말씀드립니다만, 여기에 등장하는 K는 허구의 인물이며 실제로 소설을 쓰는 K가 있다고 하더라도 우연이거나 이 이야기는 그와 아무런 관련이 없음을 알려드립니다. 진짜!

K는 소설가로서 일종의 사명감을 지닌 채 살고 있습니다. 하지만 보통은 아무도 K의 사명감에는 별반 관심이 없습니다. 알아주지도 않고, 알고 싶어 하지도 않지요. 그래도 K는 소설가로서의 자부심을 견지하는 게, 부자가 되는 것보다 더 중요하다고 생각하는 사람입니다.

K는 대단히 위대한 작가가 되는 것은 바라지도 않습니다. 그저 그는, 스스로에게 부끄럽지 않은 존재로 살아가고 싶을 뿐이지요. K는 자신이 소설을 쓰고 있을 때, 외부의 모든 움직임과는 무관하게 자신을 사랑하곤 합니다. 그에게 박하향기란 보이지도 않고, 만질 수도 없지만 분명히 자기 안에 스며들고 있는 위로의 메시지인 셈이지요.

K는 얼마 전 보들레르의 글을 읽고 눈물을 흘렸습니다.

"열린 창문을 통해 밖을 보는 사람은, 결코 닫힌 창문을
바라보는 사람만큼 많은 것을 보지 못한다*"

굳게 닫혀 있는 창문을 '깊이' 바라보고 있으면 가슴 안에
서는 내가 간절히 바라는 풍경이 휘몰아치지요. 소설이란
그렇게 울음을 위한 고독이었다가, 무기력을 달래는 춤이
었다가, 다시 항해하기 위한 돛이 되기도 하겠지요. K는
그때 생각했습니다. 때때로 소설가의 역할이란 창을 열어
주는 것이 아니라, 조용히 그 문을 닫아주는 일이 되기도
한다는 것을 말입니다.

*샤를 피에르 보들레르, 파리의 우울

모두 안녕히

가끔 네 생각하면 눈물 나

뭉뚱그려진 감정이 마구 쏟아지는 것 같아.

요즘 하는 생각,

아무래도 사랑에 빠지는 데 있어 가장 중요한 것은 서로가 서로를 알아보는 것이 아닐까. 제 아무리 평판이 좋고, 뛰어난 능력이 있고, 따뜻한 성품의 사람이라 할지라도, 내가 그 사람에게서 어떠한 매력을 전해받지 못한다면 우리에겐 아무런 드라마틱한 감정도 찾아오지 않을 것이다. 마찬가지로 상대방 역시 내게서 자신을 끌어당기는 무언가를 발견해내지 않는다면 나는 그저 스쳐가는 수많은 사람 중 한 명에 지나지 않겠지. 이렇게나 답답하고 복잡한 세상에서 서로를 사랑이라고 하는 의미로 알아차린다는 건, 정말이지 쉽지 않은 일인 것 같다. 노력만으로 가능한 일이 아니기 때문일 수도 있다. 하지만 동시에 그래서 더

모두 안녕히

아름다운 것인지도 모르지. 마침내 서로를 바라보며 대화를 나누고 밥을 먹고, 마주보고 있다 보면 어느새 내 안에서는 그러한 예감이 운명처럼 피어나는 것이다. 우리는 곧 사랑에 빠지게 될 거라고.

끝, 처음이 아니라서

사람이 한꺼번에 모든 걸 다 가질 수는 없듯이, 한 번에
모든 걸 다 만족시키는 상황 같은 것도 오지 않는 거지.
당신이 내게 바다가 보고 싶다고 말했던 때, 만약에 우리
가 그날 당장 심야 버스에 올랐다면 어땠을까. 하늘과 바
다 사이, 경계가 사라져버린 그 새까만 파도의 소리를 들
었다면 그토록 애처롭게 외로움과 버거움을 논해야만 했
을까. 하지만 슬프고 그리워서 이해하려고는 애쓰지 말자
우리.

사랑은 나중에 하는 게 아니라는 거.
사랑은 다음을 위한 게 아니라는 거.
그 밤의 파도에 다 흘려보내고 나서야

모두 안녕히

나는 이해하고 말았던 거야.

내가 한 사랑이 혹여나 쓸쓸함의 왕래만으로 기억되지는 않을까 초조했던 긴긴 밤, 마지막에 마지막을, 그 마지막을 지우고 다시 정말 마지막을 되풀이하던 마음들, 모두 다 사랑했던 날의 기쁨으로 다정하게 무뎌지기는 날이 오길 기도해. 하지만 슬프고 그리워서 이해하려고 애쓰지 말자 우리. 내 사랑이 현실 속에서 잠식되는 걸 모른 체하기 급급했던 거야. 내가 그냥 비겁하게 도망친 거야.

애매한 사람

가끔 소개팅을 하는 상상을 한다. 아니, 어쩔 수 없이 하게 된다. 누군가 내게 이성과의 만남을 권할 때마다 그냥 혼자 머릿속으로 한번 해보는 거다. 그때마다 처음 보는 사람 앞에서 직업을 이야기 하는 일은 늘 어렵다. 매번 선뜻 '저는 글을 쓰는 사람입니다'라고 말을 하지 못하는 건, 그냥 애초에 별로 남들 눈에 튀고 싶지 않은 내 성격 탓일 수도 있지만 직업이라는 틀 안에 나라는 자아가 갇히게 되는 건 더욱이 원하지 않기 때문에 그런 것 같기도 하다.

– 이렇게 만나서 대화해보니까 어때요?
– 아, 저 그게 제가 사실 약간의 대인 기피가 있는데 그렇다고 뭐 사회성이 아예 떨어지는 건 아니고요. 그냥

좀 긴장을 하는 편이긴 한데, 아 그래서 보통 긴장을 하면 상대방 콧구멍과 인중 사이를 보거든요. 눈을 쳐다보는 건 아무래도 좀 어색해서, 콧구멍은 좀 유하고 동글동글하잖아요. 지금도 그래서 그쪽을 보고 있는데, 아무튼……

- 어머, 지금 제 콧구멍을 보고 계신다구요?
- 네? 아니 그게 뚫어져라 보는 건 아무래도 콧구멍에게도 실례가, 아니 누구 씨에게 실례가 될 수도 있으니까 눈 마주칠 때만 슬쩍 보고 있어요.

뭔가 분명 잘못된 것 같으니 이 부분은 지워버리고 다시, 상상 속으로……

- 민준 씨는 어떤 사람이에요?
- 어떤 사람이냐구요? 아, 그냥 그 말을 들었을 때 가장 먼저 떠오른 건 애매하다는 단어인데, 사실은 제가 막 크게 어디가 모자란 사람은 아니거든요. 물고기는 못 먹지만 혹시나 그게 큰 하자일까요? 아무튼 대부분의

일을 곧잘 하는 편이에요. 손기술도 좋고, 운동 신경도 좋고, 머리도 나쁘지 않은 편이에요. 근데요. 자라면서 가장 많이 들었던 말은 그 애매하다는 말이거든요. 아니, 재능이 있어도 1등을 못하면 애매한 사람이 되더라고요. 그래서 마음속 한켠에는 순위 같은 것에 얽매이지 않는 삶을 살아보고 싶다는 열망이 자라게 된 것 같아요.

어쩌면 그래서 작가가 된 것 같아요. 제가 좀 애매하게 써도 제 글을 읽는 사람들은 각자 그 빈 곳을 기억과 감정으로 채워주잖아요. 근데 또, 얼마 전에는 누가 지나가는 말로 그러는 거 있죠. "작가라고요? 와, 그럼 책 순위 몇 등까지 해보셨어요?" 웃기지 않나요. 문학에서도 순위 같은 걸 매긴다는 게. 뭐 높은 순위를 기록하면 정말 기분 좋겠죠! 하지만 그렇지 않다고 해서 제 작품이 가치가 좀 떨어진다고는 생각하지 않아요. 그냥 책이라는 건, 읽는 동안 즐거웠고, 살아가다 가끔 기억나는 문장이 있다는 걸로 충분하잖아요. 그때 그 사람에게 하고 싶던 말이 있었는데, 그냥 하지 않고 슬쩍 웃고 말았어요. 애정이 없는 사람한테는 별로 속마음 같은 거 잘 말하지 않는 타입이거든요. 동시에 속으로는 그런 생각이 들었던 거예요.

인생에서 나라는 사람을 순위로 매긴다면 과연 몇 등이나 할 수 있을까? 하지만 내 인생인데 내가 몇 등인지가 그렇게 꼭 중요한가요. 내가 나로 태어난 이유는, 그까짓 순위 같은 기준에 얽매이지 않아도 나를 사랑할 수 있게 하기 위함은 아닐까요. 저는 남들 말처럼 조금 애매한 사람이거든요. 그렇지만 괜찮아요. 저는 그런 제가 좋아요.

내 말이 끝나자 그 사람은 활짝 웃었는데, 나는 그만 재채기처럼 '물론, 당신이 애매하다고 할지라도 나는 좋아요'라는 말이 튀어나올 뻔했다. 이런 시답잖은 상상을 하고 난 뒤에는 다소 어리벙벙한 마음을 진정시키기 위해서 노트에 무엇이라도 끄적이게 된다.

'애매하다고 한다면 애매해도 좋다. 나라는 사람은 어떤 의도를 가지고, 내 사랑을 실험하지 않는다. 나는 침묵해도 좋다. 관측되지 않아도 내 사랑은 존재한다. 나는 그것을 향해 나아간다. 규칙을 가르고, 통념을 투과하며 그저 과녁을 향해 나아간다. 그곳에 닿는 일이 내가 존재하는 이유라는 듯이, 텅 빈 공간을 가리키며 자유롭게 웃을 것이다.'

불시착

1.

태어나서 가장 뜨거웠던 일출은 호주의 한적한 주차장 한 편에서 바라본 풍경이었다. 그 붉은 빛에 이끌려서 새벽에 수영복만 입고서 겨울 바다에 몸을 던졌다. 파도는 높고, 거셌다. 그 차가운 바닷물은 마음속 가장 깊은 구석까지 밀려들어와 나를 호흡하게 만들었다. 맥이 풀린 채로 해변으로 돌아왔을 때, 나는 스스로가 이 땅에 불시착한 이름 모를 존재라는 상상에 젖었다.

2.

오후가 되자 하늘에서는 비가 쏟아졌다. 캠핑카 운전대를 잡고서 끝없이 펼쳐진 오션로드를 달렸다. 어느새 비가

우박으로 바뀌고, 세상의 모든 소리들이 지금 이곳에 한
데 집중된 것처럼 호들갑을 떨기 시작했다. 더는 달릴 수
가 없어, 갓길에 차를 세우고 내렸다. 나를 두드리는 소리
들, 몸짓들, 그 촉감들 아아, 나를 살아 있구나. 여기가 어
딘지도 모르고, 앞으로 어떻게 나아가야 하는 지도 모르
지만 아! 나는 살아 있구나! 하는 생각이 들었다.

3.

다시 차에 올라, 어디로든 향해보려는데 안타깝게도 진흙
속에 파묻힌 자동차 뒷바퀴는 계속해서 헛돌기만 할 뿐
제대로 힘을 쓰지 못했다. 나는 고립되었다. 불시착하여,
어떻게든 살고 있지만, 고립되어 있었다. 나는 맨손으로
진흙을 마구 파헤쳤다. 바퀴가 지면에서 마찰력을 행사할
수 있도록 환경을 만들어주고 싶었다. 하지만 계속해서
바퀴는 허공을 맴돌 뿐이었다. 그리고 움직이는 그 바퀴
를 보면서, 한동안 내 삶이 빈 허공만을 채우기 위해 내달
리던 쓸쓸한 바퀴와도 같았구나 하는 생각이 들어서 울컥
눈물이 났다.

모두 안녕히

4.

해가 저물어가고 있었다. 나는 포기하지 않았지만 그렇다고 해서 이 시련을 이겨내리라고는 생각하지 않았다. 하지만 바로 그때, 저 멀리에서 헤드라이트가 금방이라도 꺼져 버릴 것처럼 낡은 자동차 한 대가 내 앞에서 멈춰 섰고 네 명의 청년들이 내렸다. 그들은 내게 도움이 필요하냐고 물었다. 나는 고개를 끄덕였다. 그들은 함께 비를 맞으며 캠핑카를 밀어주었다. 꿈쩍도 하지 않을 것 같던 육중한 몸체가 마침내 웅덩이를 벗어나던 순간, 우리들은 다 같이 환호성을 질렀다. 새파랗게 질린 입술을 하고서.

5.

온통 시커먼 흙으로 엉망이 돼버린 손을 바라보며, 차마 깨끗이 지워지지 않는 손톱 사이사이의 여운들을 느끼면서 나는 생각했다. 어렵고 서운한 일은 언제나 느닷없이 찾아온다고. 그것은 '나'라는 개인으로서는, 여기에 불시착한 한 명의 방랑자로서는 좀처럼 어찌할 방도가 없는 것이다. 그럴 때에는 그저 함부로 지난 일을 자책하지 않으며, 쉽게 지금 이 순간을 단정 짓지 않는 것이 최선일 것이다. 불시착한 바다와 길 위에서 나는 배웠다. 누구의 삶도 결코 완전히 망가지지 않는다는 것을. 희망은 기이한 것, 불현듯 나를 찾아와서 사랑한다고 고백해놓고서 어느새 저 멀리 떠나가버린다.

모두 안녕히

감사 인사

누구에게나 차마 버리지 못할 무엇이, 끝내 어떤 것으로도 대체할 수 없는 무언가가 있을 것이다. 오늘날에 그것을 깨닫지 못하더라도 살아가며 마침내 발견하고 찾아낼 날이 올 것이다. 그리하여 중요한 것은 우리가 그때 내 안에 있는 그 유일한 감각을 소중히 여기며 바람직하게 읽어 내려가는 담대함이 아닐까. 아마도 사진을 찍듯이 호흡과 시선에 애정을 담아, 깊이 끌어안는 거겠지. 인생에서 소중하지 않은 순간은 없다. 그것이 오늘날까지의 결론이다. 따라서 감히 미래를 낙관하지 않고, 쉽사리 지난 슬픔에 넘치도록 허덕이지 않는다. 늘, 시간은 우리 곁에서 유유히 흘러갈 따름이다. 그럼에도 가끔 불온한 날엔, 이 작은 시 한 편이 당신의 위안이 되었으면.

느닷없이 소나기가 내려오면
네 슬픔에 장화를 신겨줄게
같이 걷자
말없이.